cass

YOUNG-HA KIM

# AUFZEICHNUNGEN EINES SERIENMÖRDERS

Roman

*Aus dem Koreanischen von Inwon Park*

cass

Originaltitel: *Salinja-ui gieok-beob*
by Kim Young-Ha


German translation rights arranged through
Michael Meller Literary Agency GmbH, München

This German edition is published with the support of the
Literature Translation Institute of Korea (LTI Korea)

ISBN 978-3-944751-22-1

Zweite Auflage 2020


Lektorat: Hans Peter Jugl
Umschlag: Radierung von Thomas Ranft, Chemnitz
(»Ich bin C.C.«)
Buchgestaltung und Satz:
Victor Balko, Frankfurt am Main
Druck und Bindung:
CPI – Clausen & Bosse, Leck

Printed in Germany

www.cass-verlag.de

Meinen letzten Mord habe ich vor fünfundzwanzig Jahren begangen. Oder waren es sechsundzwanzig? Ungefähr so lange ist es jedenfalls her. Was mich damals antrieb, war nicht, wie man sich das gemeinhin vorzustellen scheint, Mordlust oder sexuelle Perversion. Es war Enttäuschung. Und die Hoffnung auf eine höhere, auf die vollkommene Lust. Bei jedem Opfer, das ich begrub, sagte ich mir, beim nächsten Mal machst du es besser. Als ich diese Hoffnung nicht mehr hatte, gab ich das Morden auf.

*

Ich führte Tagebuch. Schachspieler gehen nach einer Partie noch einmal nüchtern ihre Züge durch. Etwas in der Art müsste ich auch tun, dachte ich. Wenn ich nicht aufschrieb, was ich falsch gemacht und wie ich mich dabei gefühlt hatte, würde ich immer wieder dieselben schrecklichen Fehler machen. Wie ein Prüfungskandidat, der sich ein Heft mit falschen Antworten anlegt, zeichnete ich penibel meine Morde auf. Den Hergang, meine Empfindungen.

Geführt hat es zu nichts.

Sätze zu formulieren war eine Qual. Dabei wollte ich nur Tagebuch schreiben, keine Literatur. Das konnte doch nicht so schwer sein! Dass ich meine

Lust und meine Enttäuschung nicht angemessen auszudrücken vermochte, regte mich auf. Was ich an Romanen und Erzählungen kannte, stammte aus Schulbüchern. Da waren keine brauchbaren Sätze dabei. Also fing ich an, Gedichte zu lesen.

Das war ein Fehler.

Der Kursleiter, der im Kulturzentrum »Kreatives Schreiben von Gedichten« lehrte, war ein Lyriker in meinem Alter. Gleich in der ersten Stunde brachte er mich zum Lachen, als er feierlich sagte: »Ein Dichter ist wie ein geübter Mörder. Er packt die Sprache, um sie am Ende zu erlegen.«

Zu dem Zeitpunkt hatte ich bereits Dutzende Male Beute »gepackt, um sie zu erlegen«. Und unter die Erde gebracht. Aber ich hatte das nie für Lyrik gehalten. Morden ist eher wie Prosa. Jeder, der es einmal probiert hat, weiß das. Jemanden zu ermorden, ist viel mühseliger und schmutziger, als man denkt.

Wie auch immer. Dem Lyrik-Dozenten im Kulturzentrum ist es jedenfalls zu verdanken, dass ich anfing, mich für Gedichte zu interessieren. Denn ich kann zwar von Natur aus keine Trauer empfinden, für Humor aber bin ich empfänglich.

*

# 6

Im »Diamant-Sutra« heißt es: »Lass deinen Geist frei fließen, verweile bei nichts.«

*

Ich besuchte den Lyrikkurs ziemlich lange. Ich hatte mir vorgenommen, den Dozenten umzubringen, falls ich mich langweilen sollte. Zum Glück war der Kurs aber interessant. Der Mann brachte mich ein paarmal zum Lachen, zweimal lobte er sogar meine Gedichte. Deshalb ließ ich ihn am Leben. Wahrscheinlich weiß er bis heute nicht, dass er auf geborgte Zeit lebt. Neulich las ich seinen neuesten Gedichtband, eine einzige Enttäuschung. Vielleicht hätte ich den Mann damals doch gleich um die Ecke bringen sollen.

Ein genialer Mörder wie ich hängt das Morden an den Nagel, und er mit seinem mittelmäßigen Talent wagt es, weiter Gedichte zu schreiben! Eine Frechheit!

*

In letzter Zeit stürze ich ständig. Beim Fahrradfahren und manchmal sogar, wenn ich nur über einen Stein gestolpert bin. Ich vergesse viel. Drei Wasserkessel sind mir deshalb schon durchgebrannt. Unhi rief an, um mir mitzuteilen, dass sie einen Termin beim Arzt vereinbart hätte. Wütend stauchte ich sie zusammen. Sie schwieg eine Weile und meinte dann: »Das ist nicht normal, Papa. Mit deinem Kopf stimmt etwas nicht. Wütend habe ich dich noch nie erlebt.«

Bin ich wirklich nie wütend gewesen? Unhi nutzte meine Geistesabwesenheit und legte auf. Das Handy noch in der Hand, wollte ich das abgebrochene Gespräch wieder aufnehmen. Doch auf einmal wusste ich nicht mehr, wie man einen Anruf tätigt. Drückt man zuerst auf die Anruftaste? Oder gibt man zuerst die Nummer ein und drückt dann auf die Anruftaste? Wie lautete überhaupt Unhis Nummer? Nein, gab es da nicht einen noch viel einfacheren Weg?

Gereizt schmiss ich das Handy in die Ecke.

*

Da ich mich mit Gedichten nicht auskannte, schrieb ich offen über den Ablauf meiner Morde. Wie hieß noch gleich mein erstes Gedicht, »Messer und Knochen«? Der Dozent fand meine poetische Ausdrucksweise erfrischend. Meine rohe Sprache und meine Imaginationen des Todes zeichneten ein scharfes Bild von der Nichtigkeit des Lebens. Mehrfach lobte er meine »Metaphern«.

»Metaphern, was ist das?«

Der Dozent schmunzelte – dieses Schmunzeln gefiel mir nicht – und erklärte es mir. Eine Metapher war demnach ein bildlicher Vergleich.

Aha.

Tut mir leid, mein Lieber. Aber das waren keine Metaphern.

*

Ich greife zum »Herz-Sutra«, schlage es auf und lese.

*Daher gibt es in der Leerheit keine Form,*
*keine Empfindung, keine Wahrnehmung,*
*keinen Willen und kein Bewusstsein.*
*Keine Augen, keine Ohren, keine Nase,*
*keine Zunge, keinen Körper und keinen Geist.*
*Keine Formen und keine Töne,*
*keinen Geruch und keinen Geschmack,*
*nichts Tastbares und nichts Denkbares.*
*Keinen Bereich der Sinne*
*und auch keinen Bereich des Bewusstseins.*
*Keine Unwissenheit*
*und auch kein Ende der Unwissenheit,*

*kein Altern und keinen Tod,*
*auch keine Aufhebung des Alterns und des Todes.*
*Kein Leiden und keine Ursache des Leidens,*
*kein Auslöschen des Leidens*
*und auch keinen Weg aus dem Leiden,*
*keine Weisheit und kein Erlangen.*

*

»Haben Sie sich wirklich noch nie mit Lyrik beschäftigt? Sind beim Schreiben nie angeleitet worden?« fragte mich der Dozent. Auf meine Gegenfrage »Muss man dabei angeleitet werden?« erwiderte er: »Nein. Bei falscher Anleitung ruiniert man seine Gedichte eher.« Ich sagte zu ihm: »Ah, das beruhigt mich.« Im Leben gibt es definitiv einiges, wobei man nicht angeleitet werden kann.

*

Man ordnete eine MRT-Untersuchung an. Auf einer sargähnlichen weißen Liege wurde ich ins Licht geschoben. Es war wie eine Nahtoderfahrung. Mir war, als schwebte ich in der Luft und sähe auf mich selbst hinunter. Neben mir stand der Tod. Es war offensichtlich. Ich würde bald sterben.

Eine Woche später machte ich einen Kognitionstest oder so etwas Ähnliches. Der Arzt stellte mir Fragen und ich antwortete. Obwohl die Fragen einfach waren, fiel mir das Antworten schwer. Es war, als tauchte man seine Hand in ein Aquarium, um einen Fisch zu fangen, der jedoch immer wieder entwischt. Wie heißt der jetzige Präsident der Republik? Welches Jahr haben wir? Nennen Sie von den Wörtern, die Sie gerade gehört haben, drei. Wie viel sind siebzehn plus fünf? Ich bin mir sicher, dass ich die Antworten weiß. Doch sie fallen mir nicht ein. Nicht wissen, obwohl man weiß? Wie um alles in der Welt ist so etwas möglich?

Nach der Untersuchung rief mich der Arzt in die Sprechstunde. Er machte kein glückliches Gesicht.

»Der Hippocampus ist geschrumpft.«

Er zeigte auf die MRT-Bilder meines Gehirns und sagte: »Es handelt sich zweifellos um Alzheimer-Demenz. In welchem Stadium, ist noch nicht sicher. Wir müssen abwarten und die Entwicklung beobachten.«

Unhi, die neben mir saß, presste stumm die Lippen aufeinander. Der Arzt erklärte weiter: »Nach und nach wird Ihr Gedächtnis schwinden. Zuerst das Kurzzeitgedächtnis, dann die Erinnerung an jüngere Ereignisse. Wir können das Fortschreiten zwar verlangsamen, aber nicht aufhalten. Nehmen Sie vorerst regelmäßig das Medikament, das ich Ihnen verschreibe. Schreiben Sie alles auf und führen Sie die Aufzeichnungen immer bei sich. Es kann sein, dass Sie irgendwann nicht einmal mehr den Weg nach Hause finden.«

*

Die *Essais* von Montaigne. Ich lese sie in meiner inzwischen vergilbten Taschenbuchausgabe noch einmal. »Durch die Sorge um den Tod trüben wir das Leben und durch die Sorge um das Leben den Tod.« Solche Sätze gehen einem im Alter besonders nahe.

*

Auf dem Heimweg vom Krankenhaus gerieten wir in eine Straßenkontrolle. Der Polizist musterte Unhi und mich, erkannte uns dann und sagte, wir könnten weiterfahren. Er war der jüngste Sohn des Genossenschaftsleiters.

»Es gab einen Mord. Wir kontrollieren rund um die Uhr, seit Tagen schon. Das bringt uns noch um. Als ob Mörder am helllichten Tag herumspazieren und ›Bittesehr, hier, nehmt mich fest‹ rufen würden!«

In unserem und im benachbarten Landkreis seien nacheinander drei Frauen ermordet worden. Die Polizei gehe von einem Serienmord aus. Alle drei Frauen seien in den Zwanzigern gewesen und spät abends auf dem Nachhauseweg überfallen worden. An den Hand- und Fußgelenken hätten sie Fesselspuren aufgewiesen. Da das dritte Opfer unmittelbar nach meiner Alzheimer-Diagnose aufgefunden worden war, stellte ich mir naturgemäß die Frage: War ich es?

Ich blätterte im Wandkalender und sah mir die Daten an, an denen die Frauen entführt und umgebracht worden sein sollten. Ich hatte wasserdichte Alibis. Dass ich es nicht gewesen sein konnte, war schön, weniger schön allerdings, dass einer nach Lust und Laune in meinem Revier wilderte. Ich erinnerte Unhi immer wieder daran, dass sich ganz in der Nähe womöglich ein Mörder herumtrieb, und schärfte ihr ein, wie sie sich zu verhalten habe. Auf keinen Fall dürfe sie sich spät abends allein draußen aufhalten. Sobald sie bei einem Mann ins Auto steige, sei es aus. Und mit Kopfhörern herumzulaufen sei auch gefährlich.

»Mach dir nicht so viele Sorgen«, sagte Unhi und fügte, als sie das Haus verließ, hinzu: »Und überhaupt: Es wird doch nicht jeden Tag jemand ermordet.«

*

Zur Zeit schreibe ich alles auf. Es kommt vor, dass ich an einem fremden Ort wieder zu mir komme und nach einiger Verwirrung nur dank des Schildchens mit meinem Namen und der Adresse, das ich um den Hals trage, nach Hause finde. Letzte Woche wurde ich von Leuten zur Polizeistation gebracht. Lachend begrüßte mich der Polizist: »Ah, der alte Herr! Da sind Sie ja wieder.«

»Sie kennen mich?«

»Und ob, ich kenne Sie sogar gut. Besser als Sie sich selbst kennen.«

Ach ja?

»Ihre Tochter wird gleich hier sein. Wir haben sie schon benachrichtigt.«

*

Unhi hat nach ihrem Studium der Agrarwissenschaften eine Stelle an einem örtlichen Forschungsinstitut bekommen. Sie betreibt dort Auslesezüchtung, kreuzt auch Pflanzen zu neuen Sorten. In ihrem weißen Kittel bringt sie den ganzen Tag im Institut zu, manchmal auch die Nacht. Pflanzen scheren sich nicht darum, wann die Menschen arbeiten und wann sie nach Hause gehen. Manchmal müssen sie offenbar auch nachts bestäubt werden. Pflanzen leben und wachsen, wie es ihnen passt.

Die Leute halten Unhi für meine Enkelin. Wenn sie hören, dass sie meine Tochter ist, sind sie überrascht. Kein Wunder. Ich bin dieses Jahr siebzig geworden, und Unhi ist noch keine neunundzwanzig. Wer sich darüber am meisten wunderte, war natürlich Unhi selbst. Als sie sechzehn war, nahm man in der Schule die Blutgruppen durch. Ich habe die Blutgruppe AB, Unhi 0. Das ist bei Eltern und leiblichen Kindern nicht möglich.

»Wie kann ich deine Tochter sein, Papa?«

Ich versuchte, so weit wie möglich ehrlich zu sein. »Ich habe dich adoptiert.«

Von da an, glaube ich, hat sich Unhi von mir entfernt. Anscheinend wusste sie nicht mehr, wie sie sich mir gegenüber verhalten sollte, und die Distanz, die sich auf diese Weise zwischen uns ergab, verringerte sich nie wieder. Von dem Tag an war unsere einstige Vertrautheit dahin.

Es gibt das sogenannte Capgras-Syndrom. Es tritt auf bei einer Störung des für Vertrautheitsempfindungen zuständigen Gehirnareals. Patienten mit diesem Syndrom erkennen ihnen nahestehende Personen zwar noch, empfinden aber keine Vertrautheit mehr. So kann ein Ehemann zum Beispiel an seiner Frau zweifeln: »Du siehst aus wie meine Frau, und du verhältst dich wie meine Frau. Aber du bist nicht meine Frau. Wer bist du? Wer hat dich geschickt?« Er sieht das Gesicht seiner Frau, er erkennt das Auftreten seiner Frau, und doch kommt sie ihm wie eine andere Person vor. Sie ist in seinen Augen eine Fremde. Solchen Patienten bleibt letztendlich nichts anderes, als in dem Gefühl weiterzuleben, in eine fremde Welt verbannt worden zu sein. Sie glauben, dass all die bekannten Gesichter Fremde sind, die sich gegen sie verschworen haben.

Ich glaube, dass Unhi von jenem Tag an die kleine Welt, die sie umgab, ihre aus ihr und mir bestehende Familie, als fremd empfand. Dennoch lebten wir weiter zusammen.

*

Wenn der Wind weht, raunt und rauscht es in dem Bambushain hinter dem Haus. Dann bin auch ich aufgewühlt. An stürmischen Tagen verstummen sogar die Vögel.

Das Flurstück mit dem Bambushain habe ich vor langer Zeit erworben. Ich habe es nie bereut. Ich hatte immer schon mein eigenes Stückchen Wald haben wollen. Morgens gehe ich darin spazieren. In einem Bambushain darf man nicht rennen. Wenn man hinfällt, kann man sich tödlich verletzen. Bei jedem Schritt muss man aufpassen, wohin man tritt, denn die Stümpfe von gefälltem Bambus sind spitz und hart. Wenn ich die Blätter rauschen höre, bin ich in Gedanken bei jenen, die hier begraben liegen. Bei den Leichen, die nun als Bambus in die Höhe schießen, dem Himmel entgegen.

*

Unhi fragte damals: »Und wo sind meine wirklichen Eltern? Leben sie noch?«

»Sie sind beide tot. Ich habe dich aus dem Waisenhaus geholt.«

Unhi wollte mir nicht glauben. Sie forschte offenbar auf eigene Faust im Netz und suchte wohl auch Behörden auf. Dann zog sie sich in ihr Zimmer zurück und weinte tagelang. Schließlich akzeptierte sie die Situation.

»Kanntest du meine Eltern?«

»Nicht gut. Ich habe sie nur einmal getroffen.«

»Was waren das für Leute? Waren es gute Menschen?«

»Sehr gute. Bis zum letzten Moment haben sie sich um dich gesorgt.«

*

Ich brate Tofuscheiben an. Ich esse Tofu zum Frühstück, zum Mittagessen, zum Abendessen. Immer nur Tofu. Ich gieße Öl in die Pfanne und gebe die Scheiben dazu. Sobald sie genug Hitze haben, wende ich sie. Zum Tofu esse ich Kimchi. Meine Demenz kann so schlimm werden, wie sie will, das kriege ich bestimmt immer hin: Reis mit gebratenem Tofu.

*

Ein kleiner Auffahrunfall war der Anfang. Es passierte an einer T-Kreuzung. Vor mir der Kerl in seinem Geländewagen. In letzter Zeit verschwimmt es mir öfter vor den Augen. Das muss mit der Demenz zu tun haben. Ich sah nicht, dass der Kerl anhielt, und fuhr auf. Sein Wagen war für die Jagd umgerüstet. Suchscheinwerfer auf dem Dach, und als würde das nicht reichen, noch drei Nebelscheinwerfer am Kühler. Bei solchen Wagen kann man sogar den Kofferraum auswaschen. Zwei Zusatzbatterien hatte er auch. In der

Jagdzeit wimmelt es in den Bergen hinter dem Dorf von Kerlen wie diesem.

Ich stieg aus und trat an den Wagen heran. Der Fahrer machte keine Anstalten auszusteigen. Das Fenster blieb auch zu. Ich klopfte an die Scheibe.

»Würden Sie bitte einmal aussteigen?«

Er nickte und gab mir mit einer Handbewegung zu verstehen, einfach weiterzufahren. Merkwürdig. Er müsste sich doch wenigstens flüchtig sein Heck ansehen wollen. Als ich nicht von der Stelle rückte, stieg er schließlich aus. Der Mann, Anfang Dreißig, untersetzt, warf einen kurzen Blick auf die Heckstoßstange und sagte, alles in Ordnung. Nichts war in Ordnung. Die Stoßstange hatte eine Delle.

»Fahren Sie ruhig weiter. Die Delle war vorher schon da. Das macht nichts.«

»Lassen Sie uns wenigstens Telefonnummern tauschen, für alle Fälle.« Ich reichte ihm meine Nummer. Er wollte sie nicht nehmen.

»Das ist nicht nötig.«

Seine Stimme war tief und emotionslos.

»Wohnen Sie in der Gegend?«

Der Mann antwortete nicht. Stattdessen sah er mir zum ersten Mal direkt in die Augen. Er hatte Schlangenaugen. Sie waren kalt und grausam. Ich bin mir absolut sicher: In diesem Augenblick haben wir uns gegenseitig erkannt.

Sorgsam schrieb er seinen Namen und seine Telefonnummer auf einen Notizzettel. Eine Schrift wie von einem Kind. Sein Name war Jutae Park. Ich ging noch einmal zum Heck, um den Schaden genauer abzuschätzen. Da sah ich es. Aus dem Kofferraum tropfte Blut. Ich spürte, wie der Kerl mich fixierte, während ich das heruntertropfende Blut betrachtete.

Wenn aus einem für die Jagd umgerüsteten Geländewagen Blut tropft, denken die Leute, dass ein totes Reh oder so darin liegt. Ich dagegen nehme zuallererst an, dass es eine Leiche ist. Das ist sicherer.

*

Von wem war das noch mal? Von einem spanischen, nein, einem argentinischen Schriftsteller? Schriftstellernamen fallen mir gar nicht mehr ein. Die von wem auch immer stammende Geschichte geht jedenfalls so: Ein alter Schriftsteller trifft beim Spaziergang am Ufer eines Flusses einen jungen Mann und unterhält sich auf einer Bank mit ihm. Erst später wird dem Alten bewusst: Der junge Mann am Fluss war niemand anderes als er selbst. Wenn ich mir auf diese Weise als jungem Mann begegnete, würde ich mich erkennen?

*

Unhis Mutter war mein letztes Opfer. Ich hatte sie gerade vergraben und befand mich auf der Fahrt nach Hause, als ich mit dem Wagen gegen einen Baum prallte und mich überschlug. Die Polizei sagte, ich hätte bei überhöhter Geschwindigkeit in einer Kurve die Kontrolle über den Wagen verloren. Ich wurde zweimal am Gehirn operiert. In meinem Bett im Krankenhaus, ich schrieb es zuerst den Medikamenten zu, wurde mir überaus friedlich ums Herz, ein wunderliches Gefühl. Sonst waren mir schon laute Stimmen auf die Nerven gegangen. Die Stimmen, die im Restaurant den Ober rufen, die Stimmen lachender Kinder, die Stimmen schnatternder Frauen. Ich hasste sie alle.

Und dann dieser Friede. Ich hatte immer gedacht, endlos brodelnde Wut sei das Normale. Aber dem war nicht so. Wie jemand, der auf einen Schlag ertaubt, musste ich mich an die plötzliche Stille und den Frieden in meinem Herzen erst gewöhnen. Ob durch den Unfall oder die Operationen: Irgendetwas war mit meinem Gehirn passiert.

*

Nach und nach schwinden die Wörter. Mein Kopf wird zu einer Seegurke. Wird löchrig. Glitschig. Alles entgleitet. Morgens lese ich die Zeitung, von vorne bis hinten. Wenn ich damit fertig bin, habe ich das Gefühl, mehr vergessen als gelesen zu haben. Ich lese trotzdem. Beim Lesen jeden Satzes ist mir, als baute ich mit Gewalt eine Maschine zusammen, zu der mir wesentliche Teile fehlen.

*

Auf Unhis Mutter hatte ich es schon lange abgesehen gehabt. Sie arbeitete in der Verwaltung des Kulturzentrums, das ich besuchte. Sie hatte schöne Beine. Mir schien, dass ich seit meiner Beschäftigung mit Gedichten und Texten zusehends verweichlichte. Grübeleien und Selbstreflexionen unterdrückten offenbar die Triebe. Ich wollte aber weder verweichlichen noch die in mir brodelnden Triebe unterdrücken. Ich hatte das Gefühl, in eine tiefe, dunkle Höhle gestoßen zu werden. Deshalb wollte ich herausfinden, ob ich immer noch der war, für den ich mich hielt. Als ich die Augen öffnete, stand Unhis Mutter vor mir – Zufall ist oft der Anfang von Unglück.

*

Also tötete ich sie.

Aber es war unglaublich mühsam.

Und enttäuschend.

Ein Mord bar jeden Lustgefühls. Möglicherweise war schon damals irgendetwas in mir anders geworden. Und die zwei Gehirnoperationen haben es nur unumkehrbar gemacht.

*

Am Morgen las ich in der Zeitung, dass es wieder ein Opfer gegeben habe, die ganze Region stehe wegen der Serienmorde unter Schock. Serienmorde? Wann sollen die vorgefallen sein? Verwundert ging ich meine Aufzeichnungen durch und stieß auf zusammenfassende Notate zu den vorangegangenen drei Mordfällen. In letzter Zeit vergesse ich immer mehr. Was ich nicht aufschreibe, rinnt mir wie Sand durch die Finger. Ich übertrage, was die Zeitung zu dem vierten Mord schreibt, in mein Heft.

Auf einem Feldweg wurde eine fünfundzwanzigjährige Studentin tot aufgefunden. Sie war unbekleidet, Arme und Beine wiesen Fesselspuren auf. Auch diesmal war das Opfer entführt und nach der Tötung auf einem Feldweg abgelegt worden.

*

Dieser Kerl, Jutae Park, ruft nicht an. Aber ich habe ihn mehrfach gesehen. Zu oft, als dass es Zufall sein könnte. Und immer werde ich ihn gar nicht bemerkt haben. Er streift wie ein Wolf um mein Haus und beobachtet mich. Wenn ich auf ihn zugehe, um mit ihm zu reden, verschwindet er.

*

Hat der Kerl es vielleicht auf Unhi abgesehen?

*

Ich habe mehr Menschen am Leben gelassen, als ich umgebracht habe. »Man kann nicht alles haben«, pflegte mein Vater zu sagen. Das stimmt.

*

Am Morgen wusste ich anscheinend nicht, wer Unhi ist. Jetzt weiß ich es wieder. Zum Glück. Dem Arzt zufolge wird auch Unhi bald meinem Gedächtnis entschwinden.

»Nur das Bild von ihr als Kind wird bleiben.«

Eine Person, die man nicht kennt, lässt sich nicht beschützen. Ich bastele mir einen Anhänger mit einem Foto von Unhi und hänge ihn mir um den Hals.

»Auch das wird nichts nützen«, sagt der Arzt. »Die jüngsten Erinnerungen schwinden nämlich zuerst.«

*

»Ich flehe Sie an, verschonen Sie wenigstens meine Tochter«, bettelte Unhis Mutter unter Tränen.

»In Ordnung. Mach dir um die keine Sorgen.«

Bis jetzt habe ich mich an mein Versprechen gehalten. Ich hasse Menschen, die leere Versprechungen machen. Zu dieser Sorte Mensch wollte ich nie gehören, darauf habe ich immer geachtet. Das wird nun problematisch. Damit ich es nicht vergesse, schreibe ich es hier noch einmal auf: Ich darf nicht zulassen, dass Unhi stirbt.

*

Im Lyrikkurs des Kulturzentrums nahm der Dozent einmal »Die Braut« von Midang durch. Das Gedicht handelt von einem Bräutigam, der in der Hochzeitsnacht auf dem Weg zur Toilette mit dem Ärmel an der Klinke hängenbleibt, dies irrtümlich für die Hand seiner Braut hält, die ihn aus Lüsternheit zurückhalten wolle, woraufhin er das Weite sucht, um nach vierzig, fünfzig Jahren zufällig an dem Haus vorbeizukommen, wo er, als er einen Blick hineinwirft, seine Braut noch genauso dasitzen sieht wie in jener Hochzeitsnacht. Als er sie berührt, zerfällt sie sofort zu Staub. Der Dozent und die Teilnehmer lobten das Gedicht überschwänglich, es sei wirklich wunderschön.

Ich habe das Gedicht als eine Geschichte über einen Bräutigam gelesen, der in der Hochzeitsnacht seine Braut umbringt und davonläuft. Ein junger Mann, eine junge Frau, eine Leiche. Wie soll man das anders lesen können?

*

Mein Name ist Byongsu Kim. Ich bin dieses Jahr siebzig geworden.

*

Ich habe keine Angst vor dem Tod. Und das Vergessen kann ich nicht aufhalten. Mein künftiges Ich, das alles vergessen haben wird, wird nicht mein jetziges Ich sein. Wie also kann, wenn es denn ein nächstes Leben geben sollte, ich, der ich nicht in der Lage sein werde, mich an mein jetziges Ich zu erinnern, ich sein? Das spielt mithin keine Rolle. Derzeit beschäftigt mich nur eines: Ich muss verhindern, dass Unhi umgebracht wird. Bevor mir das Gedächtnis gänzlich abhanden kommt.

Karma und Fügung. *Dieses* Lebens.

*

Mein Haus liegt unten am Berg, etwas abseits von der Straße, so dass es Leuten, die den Berg hinaufsteigen, kaum auffällt. Leute, die vom Berg herunterkommen, entdecken es hingegen leichter. Da es auf dem Berg eine große buddhistische Tempelanlage gibt, wird mein Haus manchmal für einen Nebentempel oder für die Schlafstätte der Mönche gehalten. Ungefähr hundert Meter weiter bergab kommen die ersten vereinzelten Wohnhäuser. In einem davon – die Leute hier nennen es das »Aprikosenbaum-Haus« – wohnte ein dementes Ehepaar. Zuerst erkrankte der Mann, und bald darauf wurde die Krankheit auch bei seiner Frau diagnostiziert. Wie andere das sahen, weiß ich nicht, aber die beiden kamen gut zurecht. Wenn ich ihnen auf dem Weg begegnete, legten sie die Hände aneinander und grüßten höflich. Für wen sie mich wohl hielten? Zuerst stellte sich ihre Uhr auf die 1990er Jahre zurück, dann auf die 1970er. Das waren die Jahre, in denen ein falsches Wort genügte, um verhaftet und eingesperrt zu werden, die Jahre der Notstands- und Sicherheitsgesetze. Die Eheleute begegneten deshalb Fremden immer mit großer Vorsicht. Und da alle im Dorf ihnen irgendwann fremd waren, wunderten sie sich, warum bei ihnen ständig fremde Menschen auftauchten. Als die Eheleute am Ende auch einander nicht mehr erkannten, kam ihr Sohn, um sie in ein Pflegeheim zu bringen. Da ich zufällig gerade an dem Haus vorbeikam, wurde ich Zeuge dieser Szene. Die beiden Alten fielen vor ihrem Sohn auf die Knie und flehten um ihr Leben, schworen, sie seien wirklich keine Roten. Da ihr Sohn einen Anzug trug und sie mitnehmen wollte, hielten sie ihn offenbar für einen Agenten der Staatssicherheit. Vor dem fanden die beiden alten Leute, die nicht einmal einander mehr erkannt hatten, wieder zusammen und bettelten gemeinsam um ihr Leben. Anstelle des Sohnes, der mal wütend wurde, mal weinte, waren es am Ende die Dorfleute, die das alte Ehepaar in den Wagen schoben.

So wird auch meine Zukunft aussehen.

*

Unhi fragt mich ständig »Warum?« »Warum machst du das? Warum kannst du dich nicht erinnern? Warum gibst du dir keine Mühe?« Für sie stecke ich offenbar voller Ungereimtheiten. Sie scheint zu glauben, ich verhielte mich bisweilen absichtlich so, gäbe kalten Herzens vor, mich nicht zu erinnern, nur um zu sehen, wie sie darauf reagiert.

Ich weiß, dass Unhi hinter verschlossener Tür vor sich hin weint. Gestern hörte ich, wie sie mit einer Freundin telefonierte. Sie sagte, es sei zum Verrückt-werden.

»Er ist nicht mehr derselbe«, sagte sie zu ihrer Freundin. Heute sei es so und morgen anders. Vor einem Moment noch sei es so gewesen, jetzt aber anders, und im nächsten Moment sei es wieder anders. Ständig würde ich schon Gesagtes wiederholen. Manchmal, wenn ich nicht mehr wisse, was gerade passiert sei, deute alles eindeutig auf Alzheimer, doch manchmal wiederum sei ich unglaublich normal.

»Er ist nicht mehr der alte. Es ist so anstrengend.«

*

Angefangen hat alles mit meinem Vater. Er war meine Genesis. Wenn er getrunken hatte, verprügelte er immer meine Mutter und Yongsuk. Ich habe ihn mit einem Kopfkissen erstickt. Meine Mutter und Yongsuk hielten ihn dabei am Oberkörper und an den Beinen fest. Yongsuk war damals erst dreizehn. Das Kissen platzte, aus den Seitennähten floss die Spreu heraus. Yongsuk schaufelte sie zurück, und meine Mutter nähte das Kissen mit ausdruckslosem Gesicht wieder zu. Damals war ich sechzehn.

Unmittelbar nach dem Koreakrieg war der Tod allgegenwärtig. Niemand interessierte sich für einen Mann, der in seinem eigenen Haus gestorben war. Kein einziger Polizist kam vorbei. Im Hof schlugen wir ein Zelt auf und empfingen die Kondolenzgäste.

Mit sechzehn Jahren konnte ich einen Reissack auf dem Rücken tragen. Kam ein Mann in das Alter, in dem er dazu imstande war, konnte in meiner Heimat niemand mehr Hand an ihn legen, auch nicht der Vater. Meine Mutter und meine Schwester wurden aber weiterhin von ihm verprügelt. Mein Vater zwang sie, sich nackt auszuziehen und scheuchte sie nach draußen in die Winterkälte. Umbringen war die beste Lösung. Ich bereue nur, meine Mutter und meine Schwester in die Sache verwickelt zu haben. Ich hätte es auch alleine geschafft.

Mein Vater, der den Krieg überlebt hatte, litt unter Alpträumen. Er redete oft im Schlaf. Auch sein Tod wird ihm wie ein böser Traum vorgekommen sein.

*

»Von allem Geschriebenen liebe ich nur Das, was Einer mit seinem Blute schreibt. Schreibe mit Blut: und du wirst erfahren, dass Blut Geist ist. Es ist nicht leicht möglich, fremdes Blut zu verstehen: ich hasse die lesenden Müssiggänger.«

Das steht in Nietzsches *Also sprach Zarathustra*.

*

Mit sechzehn fing ich mit dem Morden an, und bis zu meinem fünfundvierzigsten Lebensjahr hörte ich nicht damit auf. Die April-Revolution von 1960 zog vorüber, und am 16. Mai 1961 putschte sich General Chunghee Park an die Macht. Im Oktober 1972 verkündete er die Yushin-Verfassung, um sich unbegrenzt wiederwählen lassen zu können. Er träumte von einer Diktatur auf Lebenszeit. Parks Frau Youngsoo Yuk wurde erschossen. Jimmy Carter kam nach Korea, sagte zu Park, er solle es endlich gut sein lassen mit der Diktatur und ging anschließend in Boxershorts joggen. Auch Chunghee Park wurde bei einem Attentat erschossen. Daejung Kim wurde in Japan entführt und entkam nur knapp dem Tod, Youngsam Kim wurde aus der Nationalversammlung ausgeschlossen. Das Militär riegelte die Stadt Gwangju ab und prügelte die friedlich demonstrierenden Menschen entweder zu Tode oder schoss sie nieder.

Ich aber dachte nur ans Morden. Ich führte meinen eigenen Krieg gegen diese Welt. Ich tötete, floh und versteckte mich. Dann tötete ich wieder, floh und versteckte mich. Damals gab es weder DNA-Tests noch Überwachungskameras, nicht einmal das Wort »Serienmord« war geläufig. Mehrere Dutzend zwielichtig erscheinende Personen und Geisteskranke wurden als Tatverdächtige verhaftet und von der Polizei gefoltert. Einige gestanden sogar. Da die Polizeireviere nicht zusammenarbeiteten, wurden Fälle, die sich anderswo ereigneten, als irrelevant angesehen. Allenfalls stocherten ein paar Tausend Polizisten mit Stöckchen in irgendeinem Wald herum. Das nannte sich dann Ermittlung.

Das waren schöne Zeiten.

*

In dem Jahr, in dem ich meinen letzten Mord beging, war ich fünfundvierzig. Mir fällt auf, dass mein Vater auch fünfundvierzig war, als er unter dem Kopfkissen erstickte. Seltsamer Zufall. Auch das schreibe ich auf.

*

Bin ich ein Teufel oder ein Übermensch? Oder etwa beides?

*

Siebzig Lebensjahre. In der Rückschau habe ich das Gefühl, vor dem schwarzen, weit aufgerissenen Maul einer Höhle zu stehen. Bei dem Gedanken an den nahenden Tod fühle ich nichts, aber beim Blick auf die Vergangenheit wird es in mir dunkel und eng. Mein Herz war eine Wüste. Nichts gedieh dort. Es gab nur Trockenheit. Als Kind hatte ich mich eine Zeitlang bemüht, die Anderen zu verstehen. Das fiel mir sehr schwer. Blicken wich ich stets aus. Man hielt mich für einen schüchternen, zurückhaltenden Menschen.

Vor dem Spiegel übte ich Gesichtsausdrücke. Ich versuchte, traurig auszusehen, heiter, besorgt, enttäuscht. Irgendwann hatte ich den Trick heraus: Ich brauchte nur den Gesichtsausdruck meines Gegenübers zu imitieren. Verzog der andere das Gesicht, verzog ich es auch, lachte er, lachte ich auch.

Früher sollen die Leute geglaubt haben, im Spiegel wohne der Teufel. Der Teufel, den sie im Spiegel sahen, war wahrscheinlich ich.

*

Plötzlich ist mir danach, meine Schwester zu besuchen. Als ich das Unhi sage, erwidert sie, die sei schon vor langer Zeit gestorben.

»Woran denn?«

»Sie litt doch an Anämie. Daran ist sie gestorben.«

Als Unhi das sagt, glaube ich mich auch irgendwie daran zu erinnern.

*

Ich war Tierarzt. Ein optimaler Beruf für einen Mörder. Man hat freien Zugang zu starken Betäubungsmitteln. Selbst Elefanten kann man in die Knie zwingen. Tierärzte auf dem Land machen oft Hofbesuche. Während die Kollegen in der Großstadt in ihren Praxen sitzen und Hunde und Katzen behandeln, fahren Landtierärzte durch die Gegend und kümmern sich um Kühe,

Schweine und Hühner. Früher gab es gelegentlich auch Pferde. Mit Ausnahme von Hühnern alles Säugetiere. In ihrer körperlichen Beschaffenheit unterscheiden sie sich nicht groß vom Menschen.

*

Wieder bin ich an einem fremden Ort zu mir gekommen. In der Gegend war ich noch nie. In einem Geschäft kamen ein paar junge Männer zusammen, um mich davon abzuhalten, wieder auszureißen. Ich soll in Panik geraten sein und sogar getobt haben. Ein Polizeibeamter kam, sagte etwas in sein Funkgerät und schob mich dann in seinen Streifenwagen. Ständig entgleitet mir das Gedächtnis und ich irre umher, bis ich von irgendwelchen Leuten eingekreist und von Polizisten in Gewahrsam genommen werde.

Es ist immer das Gleiche: Menschenauflauf, Einkreisung, Abtransport durch die Polizei.

Alzheimer ist ein schlechter Scherz, den sich das Leben mit einem alten Serienmörder erlaubt. Oder eher versteckte Kamera. Das hätten Sie nicht gedacht, was? Tut mir leid, kleiner Scherz.

*

Ich habe mir vorgenommen, jeden Tag ein Gedicht auswendig zu lernen, was nicht leicht ist.

*

Mit Gedichten von neueren Lyrikern kann ich nicht viel anfangen. Sie sind mir zu schwierig. Doch diese Zeile finde ich gut. Ich schreibe sie ab:

*Meine Leiden sind unlesbar. Sie haben keine Untertitel.*

Kyungju Kim, »Unbarmherzige heilige Stadt«.

Noch ein Vers aus diesem Gedicht:

*Die Zeit, die ich lebte, war wie schwarz gebrannter Schnaps, von niemandem je gekostet. / Im Namen dieser Zeit wurde ich schnell betrunken.*

*

Ich war in der Stadt einkaufen, als ich vor dem Institut, in dem Unhi arbeitet, einen Mann herumlungern sah, der mir bekannt vorkam. Aber mir fiel beim besten Willen nicht ein, wer das sein könnte. Auf dem Nachhauseweg fuhr auf der anderen Straßenseite der Geländewagen an mir vorbei. Da wurde es mir klar. Es war dieser Kerl. Ich holte mein Heft hervor und sah nach. Jutae Park. Der Kerl hat Unhi ausfindig gemacht.

*

Ich habe wieder angefangen, Sport zu treiben. Meistens trainiere ich den Oberkörper. Der Arzt sagt, Sport könne das Fortschreiten der Demenz verlangsamen. Aber ich mache es nicht deshalb. Es ist für Unhi. Bei einem Kampf um Leben und Tod entscheidet am Ende die Kraft, die man im Oberkörper hat. Packen, niederhalten, würgen. Die Schwachstelle bei Säugetieren ist der Hals mit den Atmungsorganen. Wird dem Gehirn kein Sauerstoff zugeführt, stirbt man innerhalb weniger Minuten, oder man erleidet einen Hirnschaden.

*

Im Kulturzentrum lernte ich jemanden kennen, der meine Gedichte gut fand und sie in einer Literaturzeitschrift veröffentlichen wollte, deren Herausgeber er war. Die Sache liegt über dreißig Jahre zurück. Ich sagte zu. Einige Zeit später rief der Mann mich an, sagte, die Zeitschrift sei erschienen und fragte nach der Lieferanschrift. Dann gab er mir seine Kontonummer. Auf meine Frage, ob ich dafür bezahlen müsse, meinte er, das sei so üblich. Als ich ihm sagte, ich dächte nicht daran, winselte er, das brächte ihn in eine missliche Lage, die Zeitschrift sei doch schon gedruckt. Der Ausdruck »missliche Lage« ging ihm so leicht über die Lippen, dass ich das starke Bedürfnis verspürte, ihm beizubringen, was eine wirklich missliche Lage ist. Doch da die Sache im Grunde auf mein eitles Begehren zurückging, konnte ich nicht ihm allein die Schuld zuschieben. Ein paar Tage später wurden mir zweihundert Exemplare der regionalen Literaturzeitschrift, in der meine Gedichte abgedruckt waren, nach Hause geliefert. Mit einer Karte, die mir zu meinem Debüt gratulierte. Ich behielt nur ein Exemplar, die restlichen hundertneunundneunzig steckte ich in den Ofen. Sie brannten gut. Der mit meinen Gedichten beheizte Raum war schön warm.

Jedenfalls galt ich von da an als »Dichter«. Das Gefühl, Gedichte zu schreiben, die niemand liest, und das Gefühl, Morde zu begehen, von denen man niemandem erzählen kann, sind sich nicht unähnlich.

*

Ich setzte mich auf die Veranda, um auf Unhi zu warten, und sah zu, wie hinter dem Berg in der Ferne die Sonne unterging. Ein blutiges Rot überzog den kahlen winterlichen Berg, bevor er sich kurz darauf verdüsterte. Bedeutet mein Gefallen daran, dass meine Jahre gezählt sind? Was ich auch erblicke, bald werde ich es vergessen haben.

*

Bei Gebeinen aus prähistorischer Zeit stellt sich in den Untersuchungen meist heraus, dass sie von gewaltsam zu Tode gekommenen Menschen stammen. Die Schädel haben oft Löcher, die Knochen wurden mit einem scharfen Gegenstand durchtrennt. Natürlicher Tod war selten. Demenzkranke gab es sicher kaum. So lange zu überleben, war schwierig. Ich bin eigentlich ein Mensch aus der Prähistorie, der nur in einer falschen Welt gelandet ist, zu lange dort gelebt hat und dafür nun mit Alzheimer bestraft wird.

*

Unhi wurde in der Schule eine Zeitlang gemobbt. Sie hatte keine Mutter, und ihr Vater war alt, deshalb grenzten die anderen Kinder sie aus. Wenn man mutterlos aufwächst, weiß man nicht, wie man zu einer Frau wird. Die Mädchen, denen dieser Mangel nicht entging, quälten Unhi. Eines Tages suchte Unhi die Vertrauenslehrerin auf und erzählte ihr, dass sie sich heimlich in jemanden verliebt habe. In einen Jungen. Am nächsten Tag verbreitete sich in der Schule das Gerücht, Unhi wäre scharf auf Männer. Es wurde gelästert, sie wäre eine Hure. All das las ich in Unhis Tagebuch. Ich war machtlos.

Was auch ein Serienmörder nicht lösen kann: das Mobbing eines Mädchens in der Mittelschule.

Wie Unhi da herausgekommen ist, weiß ich nicht. Jetzt scheint es ihr jedenfalls gut zu gehen. Ist die Sache also erledigt?

*

Zur Zeit erscheint mir ständig mein Vater im Traum. Wenn ich die Tür aufmache und ins Zimmer gehe, sitzt er vor dem niedrigen Tisch und liest. Es sind meine Gedichte. Den Mund voll Spreu lacht er mich an.

*

Wenn mich mein Gedächtnis nicht täuscht, habe ich mit zwei Frauen zusammengelebt. Mit der ersten hatte ich einen Sohn. Eines Tages verschwand sie, und unseren Sohn nahm sie mit. Das konnte bedeuten, dass sie Verdacht geschöpft hatte. Ich hätte sie ausfindig machen können, wenn ich gewollt hätte, ließ die Sache aber auf sich beruhen. Die Frau war keine Anzeige wert. Mit der zweiten ging ich sogar den Bund der Ehe ein. Nach fünfjährigem Zusammenleben verlangte sie die Scheidung, sie könne mich nicht mehr ertragen. Dass sie sich traute, so etwas zu sagen, bedeutete zweifellos, dass sie nicht die leiseste Ahnung hatte, was für ein Mensch ich war. Als ich sie fragte, wo denn das Problem sei, warf sie mir vor, gefühlskalt zu sein. Sie habe das Gefühl, mit einem Stein zusammenzuleben. Dabei traf sie sich mit einem anderen Mann.

Das Mienenspiel von Frauen war für mich immer ein schwer zu entschlüsselnder Kode. In meinen Augen machten sie viel Aufheben um nichts. Ihr Weinen irritierte mich, ihr Lachen machte mich wütend. Ihre endlosen und endlos detaillierten Geschichten langweilten mich zu Tode. Manchmal hätte ich sie gern umgebracht, aber ich hielt mich zurück. Wenn eine verheiratete Frau gewaltsam ums Leben kommt, wird immer zuerst der Ehemann verdächtigt. Den Kerl, der etwas mit meiner Frau hatte, suchte ich zwei Jahre später auf, brachte ihn um und warf die Leiche den Schweinen zum Fraß vor. In Stücken. Damals war mein Gedächtnis noch ein anderes. Was man nicht vergessen durfte, vergaß ich auf keinen Fall.

*

Wegen der hiesigen Serienmorde treten im Fernsehen zur Zeit jede Menge Kriminalexperten auf. Jemand, der als Profiler oder so arbeitet, sagte: »Ein Serienmörder kann nicht einfach aufhören. Den Täter verlangt es nach immer stärkeren Reizen, besessen hält er ständig Ausschau nach dem nächsten Opfer. Die Sucht ist so stark, dass er selbst im Gefängnis nur diesen einen Gedanken hat. Über der Verzweiflung, nie wieder morden zu können, kann es sogar zu Selbstmordversuchen kommen. So stark ist der Trieb.«

Die Experten dieser Welt kommen mir nur wie Experten vor, solange sie über Dinge reden, von denen ich nichts verstehe.

*

Unhi kommt in letzter Zeit spät nach Hause. Ich weiß nicht, wann ich davon gehört habe, aber an ihrem Institut sucht man derzeit nach Möglichkeiten, tropische Obst- und Gemüsesorten für den Anbau in Korea tauglich zu machen. In Gewächshäusern werden Papayas, Mangos und dergleichen gezogen. In den Dörfern ringsum leben viele philippinische Frauen, die nach Korea eingeheiratet haben, die Nachfrage nach solchen Früchten sei deshalb groß. Einige der Philippinerinnen kämen sogar ins Institut, um die Gewächse zu begutachten, nähmen Früchte auch mit nach Hause.

Unhi hat sich mit Menschen nie recht verstanden; ihre ganze Liebe gilt den stillen Pflanzen.

»Pflanzen geben einander Zeichen. Wenn Gefahr droht, sondern sie bestimmte chemische Stoffe ab, um sich gegenseitig zu warnen.«

»Mit anderen Worten: Sie stoßen Gift aus.«

»Jedes Lebewesen, und sei es noch so klein, hat seine Überlebensstrategie.«

*

Ständig kommt der Nachbarshund zu uns. Er kackt und pinkelt in den Hof. Wenn er mich sieht, bellt er. Das ist mein Haus, verdammter Köter!

Selbst wenn ich einen Stein nach ihm werfe, läuft er nicht weg, sondern bleibt in der Nähe. Als Unhi von der Arbeit kommt, sagt sie, das wäre unser Hund. Das stimmt nicht. Warum lügt sie mich an?

*

Dreißig Jahre lang habe ich ununterbrochen getötet.

Ich war wirklich fleißig. Die Morde sind längst verjährt. Ich könnte laut und offen darüber sprechen. Wäre ich in den USA, könnte ich sogar meine Memoiren veröffentlichen. Die Leute würden mich beschimpfen. Meinetwegen. Ich habe ja nicht mehr ewig zu leben. Ich bin ein willensstarker Mensch. Von heute auf morgen habe ich mit dem Morden aufgehört. Das war ein Gefühl, wie es vielleicht ein Schiffer nach dem Verkauf seines Bootes hat, oder ein altgedienter Soldat. Es gibt Männer, nehme ich an, die im Koreakrieg oder in Vietnam mehr Menschen getötet haben als ich. Ob die deshalb nachts nicht schlafen können? Bestimmt nicht. Schuld ist ein schwaches Gefühl. Angst, Wut und Eifersucht sind viel stärker. Angst und Wut bringen einen um den Schlaf. Wenn ich einen Film oder ein Fernsehspiel sehe, in dem jemand wegen seiner Schuldgefühle kein Auge zutun kann, muss ich lachen. Was unbedarfte Drehbuchschreiberlinge einem nicht alles auftischen!

Statt zu morden ging ich bowlen. Bowlingkugeln sind rund, hart und schwer. Sie fühlen sich gut an. Ich spielte von morgens bis abends, für mich allein, bis mir die Beine weich wurden und ich nicht mehr stehen konnte. Wenn der Betreiber an allen Bahnen außer der meinen das Licht löschte, hieß das: letzte Runde. Bowling macht süchtig. Nach jedem Spiel hat man das Gefühl, es beim nächsten ein wenig besser machen zu können. Beim nächsten Mal den Spare, den man eben verfehlt hat, doch zu setzen, oder mehr Punkte zu machen. Aber letztlich kommt man nur auf seinen Schnitt.

*

Eine Wand des Zimmers ist über und über mit Notizzetteln beklebt. Es sind diese bunten selbstklebenden Zettel, von denen ich nicht weiß, woher sie kommen, die aber überall im Haus herumliegen. Vielleicht hat Unhi sie gekauft, damit ich meinem Gedächtnis auf die Sprünge helfe. Ich glaube, diese Zettel haben einen bestimmten Namen, aber er fällt mir nicht ein. Da die Wand an der Nordseite voll ist, kleben jetzt auch welche an der westlichen Wand. Doch das bringt wenig. Bei den meisten Zetteln weiß ich nicht, was sie bedeuten und warum ich sie hingeklebt habe. Auf einem steht zum Beispiel: »Unbedingt Unhi davon in Kenntnis setzen.« Wovon in Kenntnis setzen? Die Zettel kommen mir vor wie ferne Sterne im All. Es ist keinerlei Zusammenhang erkennbar. Auf einem steht etwas, was der Arzt gesagt hat.

»Stellen Sie sich einen heranrollenden Frachtzug vor, der nicht weiß, dass die Gleise unterbrochen sind.

Was wird wohl passieren? Am Gleisbruch werden immer mehr Züge mit Frachtgut auflaufen, nicht wahr? Es wird ein Durcheinander geben, nicht wahr? Genau das findet in Ihrem Kopf statt.«

*

Mir fällt die alte Frau ein, die mit mir den Lyrikkurs besuchte. Sie flüsterte mir einmal zu, in ihren besten Jahren – das betonte sie besonders – hätte sie viele Verhältnisse gehabt. Ich bereue es nicht, sagte sie. Wenn man alt wird, wird alles Erinnerung. Wenn ich mich langweile, denke ich an die Männer, mit denen ich geschlafen habe. An jeden einzelnen.

Ich lebe zur Zeit wie diese alte Frau. Ich denke an die Menschen, die durch meine Hand gestorben sind. An jeden einzelnen. Gab es nicht einmal einen Film, der so hieß? *Memories of Murder.*

*

Ich glaube an die Existenz von Zombies. Nur weil sie sich uns nicht zeigen, heißt das nicht, dass sie nicht existieren. Ich sehe mir oft Zombiefilme an. Einmal bewahrte ich eine Axt in meinem Zimmer auf. Als

Unhi mich fragte, wozu ich eine Axt im Zimmer hätte, erwiderte ich, wegen der Zombies. Bei lebenden Leichen nimmt man am besten die Axt.

*

Ermordet zu werden ist das Allerschlimmste. Nur das darf einem nicht passieren.

*

In dem Nähkästchen, das ich in Reichweite des Bettes aufbewahre, habe ich eine Spritze versteckt und eine tödliche Dosis Natrium-Pentobarbital. Natrium-Pentobarbital benutzt man, um Kühe oder Schweine einzuschläfern. Ich werde es mir spritzen, sobald ich anfange, die Wände mit meinem Kot zu beschmieren. Ich darf nicht zu lange warten.

*

Ich habe Angst. Ich muss zugeben, ich habe etwas Angst.

Ich werde ein Sutra lesen.

*

In meinem Kopf herrscht Durcheinander. Mit dem Schwinden des Gedächtnisses weiß auch das Herz nicht mehr, wohin.

*

Ein Mensch namens Francis Thompson sagte Folgendes: »Denn uns gebiert des anderen Schmerz / Und uns zerstört die eigene Qual.« Mutter, der Sohn, den du geboren hast, wird bald sterben. Das Hirn durchlöchert. Leide ich womöglich an einer Humanovariante von Rinderwahn? Und die im Krankenhaus halten es nur vor mir geheim?

*

Ich war mit Unhi in der Stadt chinesisch essen. Das hatten wir lange nicht gemacht. Wir bestellten Huhn in Limettensauce und einen Fleisch- und Meeresfrüchtetopf in Würzbrühe. Beides schmeckte nach nichts. Kommt mir etwa auch der Geschmackssinn abhanden? Ich fragte Unhi nach ihrer Arbeit, aber sie wich aus, wie immer, und erzählte nichts Konkretes. Sie spricht und handelt, als ob nichts auf der Welt sie etwas anginge. Es ist, als sagte sie: Ja, ich arbeite dort. Da dort auch Menschen leben, geschieht etwas.

Aber das hat mit mir nichts zu tun und berührt mich nicht.

Unhi und ich haben keine gemeinsamen Gesprächsthemen. Ich weiß nichts über ihren Alltag, und sie weiß nicht, wer ich bin. Ein Thema allerdings haben wir neuerdings: meine Demenz. Unhi hat Angst. Weil sie Angst hat, spricht sie das Thema ständig an. Sollte sich meine Demenz verschlimmern, mein Tod aber auf sich warten lassen, wird sie womöglich ihre Arbeit an den Nagel hängen und sich um mich kümmern müssen. Und welche junge Frau möchte schon in einem abgelegenen Haus auf dem Land ihren alten, kranken Vater pflegen? Alzheimer-Demenz ist eine degenerative Krankheit, es besteht also keine Hoffnung auf Besserung. Ein rascher Tod wäre für alle das Beste. Außerdem, mein Kind, kommt mit meinem Tod noch etwas Erfreuliches auf dich zu: Man wird dir die Lebensversicherung auszahlen, die ich für dich abgeschlossen habe. Von der du noch nichts weißt.

Die Sache liegt über zehn Jahre zurück. Die Versicherungsmaklerin, die mich auf meinen Anruf hin zu Hause aufsuchte, staunte ein wenig über die hohe Summe, die ich eintragen ließ. Die Frau war Mitte Vierzig, schien aber wenig Erfahrung zu haben. Wahrscheinlich hatte sie erst bei der Versicherung angefangen, nachdem die Kinder aus dem Haus waren.

»Sie möchten, dass die ganze Summe an Ihre Tochter geht?«

»Ich habe keine weitere Familie. Ich hatte eine Schwester, doch die ist früh gestorben.«

»Es ist gut, dass Sie an Ihre Tochter denken. Aber Sie sollten auch Ihre Altersvorsorge im Blick haben.«

»Das ist alles längst erledigt.«

»Die durchschnittliche Lebenserwartung ist enorm gestiegen. Man spricht doch vom ›Langlebigkeitsrisiko‹, nicht wahr? Sie müssen vorsorgen.«

Die Leute heute fabrizieren lustige Ausdrücke. Wortlos sah ich die Maklerin an. Ich weiß, wie man das »Langlebigkeitsrisiko« zu hundert Prozent ausschalten kann. Vielleicht hatte die Frau in meinem Blick etwas Bedrohliches gespürt, jedenfalls zuckte sie leicht zusammen.

»Nun gut, Sie sind der Kunde. Vorsorgen sollten Sie trotzdem …«

Hastig breitete sie die zu unterschreibenden Formulare vor mir aus. Im Falle meines Todes muss die Versicherungsgesellschaft meiner Tochter eine enorme Summe auszahlen. Doch was, wenn Unhi vor mir stirbt? Die Vorstellung, dass sie von jemandem verschleppt und umgebracht werden könnte, ist eine

Qual. Ich weiß schließlich besser als jeder andere, wie das ist.

*

Ich habe noch nie jemanden wüst beschimpft. Und da ich weder trinke noch rauche noch schlecht über andere rede, werde ich ständig gefragt, ob ich Christ sei. Es gibt Dummköpfe, die ihr ganzes Leben damit zubringen, Menschen in die paar Schablonen zu pressen, die sie kennen. Das mag praktisch sein, ist aber auch nicht ungefährlich. Denn Menschen wie mich, die nicht in ihre Schablonen passen, können sie nicht im Mindesten ergründen.

*

Ich wachte morgens auf und wusste nicht, wo ich bin. Ich sprang auf, zog mir nur rasch die Hose an und rannte hinaus. Ein Hund, den ich zum ersten Mal sah, bellte mich an. Als ich völlig verwirrt nach meinen Schuhen suchte, sah ich, wie Unhi aus der Küche trat. Es war unser Haus.

Was für eine Erleichterung. Unhi ist noch in meinem Gedächtnis.

*

Es war vor etwa fünf Jahren. Mit den Alten aus der Gegend machte ich eine Thermalreise nach Japan. Am Kansai International Airport fragte mich der Beamte am Einreiseschalter: »What do you do?«

Ich weiß nicht, welcher Teufel mich ritt. Ich antwortete: »Killing people.«

Der Beamte warf mir einen kurzen Blick zu und fragte: »Sie sind Arzt?«

Er hatte statt »killing« *healing* verstanden. Ich nickte nur. Ein Tierarzt ist schließlich auch ein Arzt. Er sagte »Welcome to Japan« und stempelte wuchtig meinen Pass ab.

*Healing*. Dass ich nicht lache.

*

Mein einziger Trost ist, dass ich ohne Schmerzen sterben werde. Denn vor meinem Tod werde ich ein Schwachkopf geworden sein und nicht einmal mehr wissen, wer ich bin.

*

Ich hatte einen Nachbarn, der stets alles vergaß, wenn er bei einem Bankett etwas trank. Vielleicht ist der Tod ein Glas Schnaps, das man kippt, um das belanglose Bankett namens Leben zu vergessen.

*

Ich bekam eine SMS zu Gesicht, die Unhi an eine Freundin geschickt hatte.

»Ich drehe noch durch. Jeder Tag ist so anstrengend.«

Die Freundin schrieb zurück, ob tröstend oder spöttisch, weiß ich nicht: »Die sich aufopfernde Tochter. Meine Hochachtung!«

»Noch mehr Angst habe ich davor, was später kommt. Bei Alzheimer soll sich auch die Persönlichkeit verändern. Ich glaube, das ist schon der Fall.«

»Gib ihn doch in ein Pflegeheim. Du musst doch nicht alles alleine schultern. Er ist ja nicht einmal dein leiblicher Vater.«

Es folgten weitere Kurznachrichten der Freundin. *Du brauchst keine Schuldgefühle zu haben. Er wird sich ohnehin nicht erinnern.* Unhis Antwort lautete: »Aber Demente sollen immer noch Gefühle haben. Die bleiben.«

Die Gefühle bleiben. Die Gefühle bleiben. Die Gefühle bleiben. Den ganzen Tag gehen mir diese Worte durch den Kopf.

*

Mein Leben lässt sich in drei Phasen teilen. Meine Kindheit, bevor ich meinen Vater umbrachte. Die frühen und die reifen Jahre als Mörder. Das friedliche, mordlose Leben. Unhi symbolisiert für mich meine dritte Phase, ich würde sagen, sie ist eine Art Schutzamulett. Wenn ich sie morgens nach dem Aufwachen sehe, brauche ich nicht zurück in die Vergangenheit, in der ich immerzu auf der Suche nach Opfern war.

Im Fernsehen berichtete man von einer Löwin in einem thailändischen Zoo, die, nachdem sie ihr Junges verloren hatte, in Depression verfiel. Sie fraß nicht mehr und rührte sich nicht vom Fleck. Der Tierpfleger konnte es nicht mehr mit ansehen und gab ihr ein Ferkel ins Gehege. Die Löwin hielt das Ferkel für ihr Junges und stillte es. Meine Beziehung zu Unhi scheint mir nicht unähnlich zu sein.

*

Ich habe überhaupt keinen Appetit. Wenn ich esse, muss ich mich übergeben. Mich verlangt nach etwas Bestimmtem, aber ich weiß nicht, nach was. Zu nichts habe ich Lust. Mein Leben lang habe ich weder getrunken noch geraucht, doch jetzt gelüstet es mich auf einmal danach. Aber ich werde wohl nicht damit anfangen.

*

»Ich habe jemanden kennengelernt«, sagt Unhi.

Meinem Gedächtnis zufolge – dem freilich nicht zu trauen ist – erzählt Unhi zum ersten Mal von einem Mann. Mir wird klar, dass ich nie damit gerechnet habe, Unhi könnte einen Freund haben. Ich habe sie mir nie mit einem Mann zusammen vorgestellt. Auch jetzt kann ich das nicht. Habe ich etwa gedacht, wir würden für immer zusammenbleiben?

Als Unhi in der Mittelschule war, strichen bei uns manchmal Jungs ums Haus. Sie waren jung und ich schon alt, aber nie war auch nur einer dabei, der nicht vor mir Reißaus genommen hätte. Obwohl ich weder mit ihnen schimpfte noch ihnen drohte, sondern sie ganz ruhig ansprach, stoben sie entsetzt davon. In meiner Praxis zogen selbst bissige Hunde zur Überraschung ihrer Besitzer winselnd den Schwanz ein.

Mit Halbstarken ist es wie mit Hunden. Der erste Blick ist entscheidend.

»Und?«

»Ich möchte ihn einmal mitbringen.« Unhis Wangen waren gerötet.

»Zu uns nach Hause?«

»Ja.«

»Wozu?«

»Damit du ihn kennenlernst.«

»Ich? Warum?«

»Er will mich heiraten.«

»Dann heirate ihn eben.«

»Jetzt sei doch nicht so.«

»Am Ende ist der Mensch immer allein.«

»Aha. Wozu also leben, wenn man am Ende sowieso stirbt?« In ihrer Stimme lag kalte Wut.

»Da hast du recht.«

»Willst du etwa, dass ich nicht heirate und mein Leben nur mit dir verbringe?«

Will ich das? Ich bin mir nicht sicher. Und da ich mir nicht sicher bin, wechsle ich lieber das Thema.

»Ich habe jedenfalls keine Lust, ihn zu sehen. Wenn du heiraten willst, meinetwegen.«

»Lass uns ein anderes Mal weiterreden.«

Unhi steht auf und verlässt das Zimmer. Ich fühle mich beschämt. Bin auch wütend. Aber ich weiß nicht, weshalb. Weil ich Hunger habe, koche ich mir Nudeln. Sie schmecken komisch. Ich merke, dass ich die Sojasauce vergessen habe. Ich suche sie, kann sie aber einfach nicht finden. Ich muss welche kaufen. Womöglich entdeckt man nach meinem Tod Dutzende von Sojasaucenflaschen im Haus.

Beim Abwaschen wieder Verzweiflung: In der Spüle steht eine halbvolle Schale Nudeln. Ich habe heute zweimal Nudeln gegessen.

*

»Bei meiner Ehre, Freund«, antwortete Zarathustra, »das giebt es Alles nicht, wovon du sprichst: es giebt keinen Teufel und keine Hölle. Deine Seele wird noch schneller todt sein als dein Leib: fürchte nun Nichts mehr!«

Als hätte Nietzsche diese Zeilen für mich geschrieben.

*

Ein Nachteil meines langjährigen Lebens als Mörder: Ich habe keinen echten Freund, dem ich mein Herz ausschütten könnte. Aber haben andere Menschen solche Freunde?

*

Es blitzte und donnerte, der Bambushain raunte. Die ganze Nacht konnte ich nicht schlafen. Der Regen, der vom Vordach in die Dachtraufe floss, ging mir ungeheuer auf die Nerven. Dabei mochte ich dieses Geräusch früher so sehr.

*

Unhi brachte den »Jemand, den sie kennengelernt hat« mit nach Hause. Das hatte sie noch nie gemacht. Es musste ihr ernst ein. Ich musste es hinnehmen. Ich bekam feuchte Hände.

Der Mann fuhr einen Geländewagen mit Allradantrieb. Man sah auf den ersten Blick, dass er für die Jagd umgerüstet war. Er hatte Suchscheinwerfer auf dem Dach, und als würde das nicht reichen, noch drei Nebelscheinwerfer am Kühler. Bei solchen Wagen kann man sogar den Kofferraum auswaschen. Zwei Zusatzbatterien hatte er auch. In der Jagdzeit wimmelt es in den Bergen hinter dem Dorf von Kerlen wie diesem. Unhi scheint sich als Mann einen Jäger ausgesucht zu haben.

»Guten Tag! Ich heiße Jutae Park.«

Der Mann verbeugte sich tief. Ich erwiderte mit

einer leichten Verbeugung. Jutae Park war etwas über 1,70 Meter groß, also eher klein, doch stattlich. Er hatte einen hellen Teint, aber mit der engen Stirn, den kleinen Augen und dem spitz zulaufenden Kinn sah er aus wie eine Ratte. Er trug eine Hornbrille, vielleicht um sein Rattengesicht zu verdecken. Irgendwie kam mir dieses Gesicht bekannt vor, aber vielleicht irrte ich mich auch. Da auf mein Gedächtnis kein Verlass war, konnte ich ihn schlecht darauf ansprechen. Nach der Verbeugung setzte er sich hin, im Fersensitz. Unhi nahm zwischen uns Platz.

»Bitte, setzen Sie sich doch bequem hin.«

»Ich sitze gut, danke.«

Kaum hatte er gesprochen, rief ich aus: »Ich bin dement. Ich habe Alzheimer.«

Unhi sah mich an. In ihrem Blick lag Protest.

»Hat Unhi Ihnen davon erzählt?«

»Ja.«

»Nehmen Sie es mir nicht übel, wenn ich Sie vergesse. Der Arzt sagt, dass Neues als erstes dem Gedächtnis entschwindet.«

»Ich habe gehört, dass es heutzutage gute Medikamente gibt.«

»Sie helfen, soweit sie helfen.«

Unhi brachte geschälte Birnen und Äpfel. Während wir das Obst verzehrten, stellte der Mann sich vor.

»Ich arbeite in der Immobilienbranche.«

»Immobilien?«

»Ich kaufe Land, parzelliere es und verkaufe es weiter.«

»Dann sind Sie bestimmt viel unterwegs?«

»Man ist natürlich viel auf den Beinen. Mit Land ist es wie mit Frauen: Man darf sich nicht nur auf das verlassen, was einem erzählt wird.«

»Haben wir uns nicht schon einmal gesehen?«

»Nicht dass ich wüsste.« Mit einem leisen Lächeln sah er zu mir auf.

»Es kann schon sein, dass du ihm irgendwo begegnet bist. Jutae hat zur Zeit öfter in der Gegend zu tun«, warf Unhi ein.

»Die Stadt ist ja nicht so groß«, stimmte er ihr zu.

»Sie sind nicht von hier, oder?«

Seine Sprache hatte einen leichten südlichen Akzent. Er nickte, gab aber eine andere Antwort, als ich erwartet hatte.

»Nein. Ich bin in Seoul aufgewachsen und zur Schule gegangen.«

»Wenn Sie Unhi heiraten, gehen Sie dann mit ihr nach Seoul?«

Der Mann warf Unhi und mir einen raschen Blick zu und verneinte dann. »Unhi geht nirgendwohin. Nicht, solange ihr Vater hier ist.«

»Wir werden in der Stadt wohnen.« Ruhig streckte Unhi ihre Hand nach ihm aus. Doch er ergriff sie nicht. Wie eine Schnecke, die sich bei Gefahr zusammenzieht, ballte sich seine Hand zu einer Faust. Unhi zog ihre verlegen zurück. Das alles dauerte nur einen Wimpernschlag, aber es beschäftigte mich.

Als der Mann sich erhob, ging Unhi auch. Routiniert stieg sie auf der Beifahrerseite in den Geländewagen. Es war klar, dass sie das nicht zum ersten Mal tat. Sie ließ die Seitenscheibe herunter, sagte, sie fahre kurz mit in die Stadt, und ließ die Scheibe wieder hochsurren.

Ich schloss das Tor und notierte im Haus diese erste Begegnung mit Jutae Park, bevor sie meinem Gedächtnis entschwinden konnte. Etwas stimmte nicht. Ich sah den Kerl zum ersten Mal, aber er war mir jetzt schon verhasst. Warum? War mir etwas an ihm aufgefallen? Und wenn: was?

*

Die Heizkosten sind extrem hoch. Alles wird teurer.

*

Ich blätterte in meinem Heft und erschauderte plötzlich. Es war *dieser Kerl*. Wie konnte das sein? Ich sehe doch keine Gespenster! Der Typ kam seelenruhig in mein Haus spaziert. Als Unhis Verlobter. Und ich hatte ihn nicht erkannt. Was er wohl gedacht hat. Dass ich Theater spiele? Oder dass ich ihn vollständig vergessen habe?

*

Beim Lesen fällt ein Notizblatt aus dem Buch. Das Blatt ist vergilbt, ich muss das Zitat schon vor langer Zeit abgeschrieben haben.

*Wenn du lange in einen Abgrund blickst, blickt der Abgrund auch in dich hinein.* Nietzsche

*

»Wie hast du Jutae Park kennengelernt?« fragte ich Unhi beim Frühstück.

»Durch Zufall. Wirklich reinen Zufall«, sagte sie. Die Leute benutzen ständig das Wort »Zufall«. Nicht an Zufall zu glauben, ist der Anfang der Weisheit.

*

Manchmal ist Mord die sauberste Lösung. Aber nicht immer.

*

Richtig. Die Adresse, die Jutae Park mir aufgeschrieben hat. Wo habe ich sie nur hingelegt?

Ich habe den ganzen Tag gesucht, kann den Zettel aber nicht finden. Ich habe das ganze Haus durchwühlt. Sachen zu finden wird immer schwieriger. Hat Unhi vielleicht den Zettel heimlich an sich genommen?

*

»Sie haben die Schuhe ja verkehrt herum an!«

Die Frau vom Kiosk lachte, als sie mich sah. Ich verstand nicht, was sie meinte. Was soll das heißen, »die Schuhe verkehrt herum anhaben«? Ist das eine Metapher?

*

Als Unhi bei der Arbeit war, entdeckte ich auf ihrem Schreibtisch den Faltprospekt eines Pflegeheims.

*Ruhestätte für Leib und Seele.*

*Einrichtung und Ausstattung in Hotel-Qualität.*

Die Sprüche klangen verheißungsvoll. Würden meine Seele und mein Leib an diesem Ort wirklich Ruhe finden? Ich faltete den Prospekt wieder zusammen und legte ihn zurück. Unhi träumte. Sie träumte davon, den Mann, den sie liebte, zu heiraten, mit ihm ein Nest zu bauen … und mich, der ich diesem Traum im Wege stand, in ein Pflegeheim zu stecken …

War das Unhis Idee? Oder eine Intrige von Jutae Park?

*

Auf Unhis Handy fand ich Parks Nummer. Ich ging in die Stadt einkaufen und bat den Ladenangestellten, jemanden für mich anzurufen. Das Gute am Alter ist, dass die Leute einem nicht misstrauen. Der Angestellte rief bei Jutae Park an und gab sich als Paketzusteller aus.

»Ich rufe an, weil die Lieferadresse etwas unleserlich ist.«

Park schien ihm ohne weiteres seine Adresse mitzuteilen. Der Ladenangestellte schrieb sie auf und reichte sie mir.

»Worum geht es denn?« fragte er grinsend, als er seinen Auftrag erledigt hatte.

»Meine Enkelin ist von zu Hause ausgerissen.«

Er lachte. Warum lachte er? Wollte er damit Verständnis zeigen? Oder lachte er mich aus?

*

Ich fange an, Jutae Park zu beschatten. Den größten Teil des Tages verbringt er in seinem Haus; spät nachmittags setzt er sich in seinen Geländewagen und fährt weg. Cafés und dergleichen besucht er zwischendurch kaum. Ab und zu steht er an Feldern oder Obstgärten und sieht sich um. Man könnte ihn tatsächlich für einen Makler halten, aber dafür trifft er zu wenige Leute. Manchmal verlässt er nachts das Haus und fährt scheinbar ziellos durch die Straßen. Ich vermute stark, dass das, wonach er jagt, kein Tier ist. Angenommen, dass ich mit meiner Vermutung richtig liege: Erlaubt sich Gott einen feinen Scherz mit mir, oder richtet er über mich?

*

Ich ziehe ernsthaft in Erwägung, Jutae Park anzuzeigen. Wie hieß das doch gleich? Das, was das

Gericht erlässt? Richtig, Durchsuchungsbeschluss. Ohne einen solchen Beschluss kann man Parks Wagen und sein Haus nicht durchsuchen. Wenn sich bei der Durchsuchung keine Beweise finden, bleibt der Kerl auf freiem Fuß. Dann wird er mich verdächtigen – er ist ja schon jetzt gewarnt und umlauert mich – und, wenn er wirklich der Täter ist, mich oder Unhi ins Visier nehmen. Ich versuche, uns mit seinen Augen zu betrachten. Ein Demenz-Kranker in den Siebzigern und eine zierliche Frau in den Zwanzigern, die zusammen in einem abgelegenen Haus an einem Berghang leben. Für Jutae Park dürften wir wahrlich nach leichter Beute aussehen.

*

Ich rufe Unhi zu mir und erzähle ihr von Jutae Park. Was ich in seinem Kofferraum sah, nachdem ich auf seinen Wagen aufgefahren war, wie deutlich das rote Blut zu sehen gewesen sei, wie er sich davongemacht und mich später lange umlauert habe. Ob ihr nicht klar sei, was »Zufall« bedeute, wenn dieser Kerl ihr »rein zufällig« über den Weg laufe, ob ihr nicht klar sei, in welch großer Gefahr sie sich befände.

Unhi hört mir geduldig zu und sagt dann: »Papa, ich verstehe kein Wort. Wovon redest du?«

Ich versuche es ein zweites Mal. Unhi reagiert wie zuvor. Ich redete so wirr daher, dass sie mich nicht verstehen könne. Ich fühlte mich wie damals, als ich angefangen hatte, Englisch zu lernen und mit einem Amerikaner sprach. Obwohl ich mir beim Sprechen die größte Mühe gab und er angestrengt lauschte, kam keine Kommunikation zustande. Unhi will nur verstehen, dass ich Jutae Park partout nicht leiden kann. Unhi, es geht nicht darum, dass ich ihn nicht leiden kann. Ich will dich nur warnen. Du triffst dich mit einem sehr, sehr gefährlichen Mann. Und es ist ganz und gar kein Zufall, dass du ihn kennengelernt hast.

Unser Gespräch scheitert schließlich. Unhi ist mit ihrer Geduld am Ende, und ich stammele nur noch vor Aufregung.

Wie immer ist die Sprache im Vergleich zum Handeln langsam, unbestimmt und vage. Jetzt ist Handeln gefragt.

Aus Unhis Zimmer dringt unterdrücktes Schluchzen.

*

Ich fuhr in die Stadt, kundschaftete eine nicht videoüberwachte Telefonzelle aus, wählte von dort die 112 an und erstattete Anzeige. Um nicht an der Stimme erkannt zu werden, stülpte ich meine Kleidung über die Sprechmuschel. Ich sagte, dass ich eine Person namens Jutae Park, die einen für die Jagd umgerüsteten Geländewagen fahre, für den Serienmörder hielte. Die Dienstperson verstand mich zuerst nicht.

So langsam und präzise wie möglich erzählte ich von Jutae Parks Geländewagen. Diesmal schien mich die Dienstperson zu verstehen, schenkte mir aber nur wenig Glauben. Sie fragte nach meinen Personalien. Ich sagte, die könne ich aus Sorge um meine Sicherheit nicht preisgeben. Die Dienstperson fragte mich, warum ich den Mann für den Täter hielte. Ich antwortete: »Durchsuchen Sie seinen Wagen. Ich habe dort Blut gesehen.«

*

Ich bin ins Zimmer gegangen, um etwas zu tun, kann mich aber beim besten Willen nicht entsinnen, was. Eine ganze Weile stehe ich wie blockiert herum. Es ist, als hätte der Gott, der mich lenkt, den Steuerknüppel losgelassen. Ich weiß nicht was tun, bleibe unschlüssig stehen. Was, wenn ich bei der Jagd auf Jutae Park in eine solche Situation gerate?

*

Im Fernsehen wird gemeldet, im Fall der Serienmorde sei ein Tatverdächtiger polizeilich vernommen, aber, da ihm nicht das Geringste anzulasten sei, unverzüglich wieder freigelassen worden. Warum lassen die Jutae Park einfach so wieder laufen? Hat man wirklich nichts herausgefunden? Die Zeiten haben sich geändert, aber die Polizei ist nach wie vor inkompetent.

Muss ich es jetzt also persönlich mit ihm aufnehmen? Gibt es keinen anderen Weg?

*

Zum ersten Mal in meinem Leben bin ich gezwungen, aus reiner Notwendigkeit heraus an Mord zu denken. So fühlt sich wahrscheinlich ein Mann, der sein Leben lang hobbymäßig Stereoanlagen gesammelt hat und nun auf Weisung seiner Firma für eine Veranstaltung einen Verstärker kaufen soll.

*

Meine letzte Lebensaufgabe steht fest. Ich muss Jutae Park umbringen. Bevor ich vergesse, wer er ist.

*

Es gibt die Geschichte dieses Amerikaners, der vom Blitz getroffen und danach zu einem Musikgenie wurde. Der plötzlich Klavier spielen konnte, obwohl er es nie gelernt hatte, der wie ein Verrückter komponierte und Orchester dirigierte. Ich dagegen verlor nach meiner Gehirnverletzung, die ich mir bei dem Unfall zugezogen hatte, alles Interesse am Morden, wurde ein normaler Mensch. In diesem Zustand habe ich über zwanzig Jahre verbracht, und nun bereite ich mich auf einen nicht triebgeleiteten, sondern auf einen notwendigen Mord vor. Nun muss ich auf Gottes Befehl mein mir heiliges Morden entweihen.

*

Der Arzt sagte mir, Demenzpatienten hätten Schwierigkeiten, mehrere Handlungen gleichzeitig auszuführen. Wenn man den Wasserkessel auf den Gaskocher stelle und dann einer anderen Arbeit nachgehe, lasse man den Kessel mit allerhöchster Wahrscheinlichkeit anbrennen. Sich um den Abwasch zu kümmern, während die Waschmaschine laufe, könne auch schwierig werden. Bei Frauen ginge zuallerst die Fähigkeit zu kochen verloren. Kochen sei viel komplizierter, als man glaube, eine Tätigkeit, bei der verschiedene Arbeiten gleichzeitig und planmäßig durchgeführt werden müssten.

»Am besten vereinfachen Sie alles und gewöhnen sich an, immer eine Sache nach der anderen zu erledigen.«

Ich beschließe, dem ärztlichen Rat zu folgen. Für eine Weile muss ich alle Fähigkeiten, über die ich noch verfüge, für die eine Sache einsetzen. Ich darf den Kerl nicht unterschätzen. Er ist jung und gesund, und er hat ein Gewehr. Da er Unhi in nur kurzer Zeit dazu gebracht hat, sich mit ihm zu verloben, muss er auch eloquent sein. An Unhi wird er sich aus zwei Gründen herangemacht haben. Erstens, um mich zu belauern, und zweitens, um sie zu töten. Wenn nötig, wird er auch mich aus dem Weg räumen. Er weiß aber, dass ich Alzheimer habe. Wenn er zu dem Schluss kommt, dass er mich nicht umzubringen braucht, wird er es lassen. Nicht auf mich, auf Unhi hat er es abgesehen. Ich muss ihm zuvorkommen. Den Medienberichten zufolge quält er die jungen Frauen, die er entführt, lange, bevor er sie tötet.

Nach fünfundzwanzig Jahren komme ich wieder zu dem zurück, was ich am besten kann. Aber ich bin alt geworden. Besser als vor fünfundzwanzig Jahren ist nur, dass ich mich nicht mehr um einen sicheren

Fluchtweg kümmern muss. Bei der Jagd hängt alles am Verfolgen und Stellen der Beute. Beim Morden hingegen ist das Wichtigste, sicher aus der Sache herauszukommen. Das Stellen des Opfers ist auch wichtig, aber wichtiger ist, dass man selbst nicht gestellt wird. Diesmal ist es anders. Ich muss alles, was ich habe, darauf verwenden, den Kerl zu stellen. Nicht Mord heißt es also diesmal, sondern Jagd.

Der erste Schritt bei der Jagd ist, herauszufinden, wo die Beute sich herumtreibt. Der zweite, sich auf die Lauer zu legen. Der dritte, die Gelegenheit, die sich einem bietet, nicht zu verpassen. Wenn man einen Fehler macht, muss man von vorne anfangen.

*

Seitdem ich mir vorgenommen habe, Jutae Park umzubringen, habe ich wieder Appetit. Ich schlafe gut und bin auch gut gelaunt. Langsam weiß ich nicht mehr, ob ich es für Unhi tue oder für mich.

*

Jutae Park bewohnt in einem zweistöckigen Wohnhaus offenbar das Erd- und Untergeschoss. Geht man um ein kleines Gemüsebeet herum nach hinten, sieht man einen Bau, der früher wohl als Kuhstall genutzt wurde. In diesem ehemaligen Stall parkt der Geländewagen, das Heck ragt aus der Tür. Solange man nicht durchs Tor in den Garten tritt, sieht man nicht, was im Haus vorgeht. Raffiniert angeordnete Buschkleehecken schirmen das Anwesen fast gänzlich ab. Solche Häuser mögen zwar die Privatsphäre schützen, sind aber für jeden Eindringling ein gefundenes Fressen. Ist man erst einmal drin, bekommt niemand mit, was dort vor sich geht. Das bedeutet, dass Jutae Park sich nicht die geringsten Sorgen über Feinde von außen macht. Sein Haus verrät, was er denkt: Ich kann mein Haus allein beschützen. Das einzige, was mich kümmert, sind die Blicke von außen.

Im ersten Stock wohnt eine alte Frau. Sie muss weit über die Siebzig sein. In welchem Verhältnis sie wohl zu Jutae Park steht? Wohnt er bei ihr zur Miete? Oder sind sie miteinander verwandt? Wie auch immer, die Alte wird mir nicht im Weg stehen. Sie hat einen krummen Rücken und kann nicht gut laufen.

Ich bin müde. Heute bis hierhin.

*

Unhi, die sich zur Arbeit fertig macht, hat rote Flecken am Hals. Solche Flecken entstehen, wenn man gewürgt wird. Ich frage Unhi, was mit ihrem Hals sei. Unwillkürlich zieht sie den Kopf ein. Als wollte sie ihren Hals zum Verschwinden bringen. Ich bedränge sie. Ob das Jutae Park gewesen sei, dieser Lump.

»Nenn doch die Leute nicht immer so!«

»Was ist denn mit deinem Hals?«

Unhi behauptet, ich sei in ihr Zimmer gekommen und hätte sie gewürgt. Das kann ich nicht glauben, aber es nicht glauben auch nicht. Bei allem, was mit mir zu tun hat, ist es so.

»Was ist nur mit dir los? Du warst doch sonst nicht so, Papa. Wie ein Irrer hast du dich aufgeführt. Ich wäre fast gestorben.«

»Du lügst!«

»Warum sollte ich lügen? Du musst endlich akzeptieren, was los ist. Du hast Alzheimer, Papa!«

Wie einen Hammer lässt sie das Wort »Alzheimer« auf mich niedersausen. Mir schwinden die Kräfte. Ich kann mich an nichts erinnern, nicht einmal schwach. Ich bin hilflos. Wenn tatsächlich ich das gewesen bin, grenzt es an ein Wunder, dass Unhi noch lebt. Ich habe nämlich wirklich Kraft in den Armen. Ich entschuldige mich bei ihr. Ich sage ihr, sie solle von nun an beim Schlafengehen immer die Tür abschließen. Unhi schneuzt sich die Nase und trocknet sich die Tränen. Mit entschlossener Miene holt sie dann aus der Schublade den Faltprospekt des Pflegeheims, den ich neulich gesehen habe. Ich ignoriere ihn. Doch Unhi hält ihn mir hin.

»Papa, ich kann nicht mehr. Es ist auch zu deinem Besten. Du musst in dieses Heim. Wenn etwas passiert, wenn ich nicht da bin, was dann?«

Ich verstehe. Wer will schon im Schlaf erdrosselt werden?

»Schon gut. Ich schau mir den Prospekt mal an.«

Nach koreanischem Recht kann Unhi mich jederzeit auch ohne meine Einwilligung in die Psychiatrie einweisen. Ein Anruf genügt, und ein Krankenwagen kommt, kräftige Männer stecken dich in eine Zwangsjacke und verfrachten dich in die geschlossene Abteilung. Fertig. Ohne Einwilligung der Familie sieht der Patient die Außenwelt nicht wieder. Es hat Fälle gegeben, wo mit ihrem Erbteil unzufriedene Angehörige das Familienoberhaupt gemeinsam betrunken gemacht und in die Psychiatrie gesteckt haben, um anschließend das Erbe neu aufzuteilen. Da bei mir bereits Demenz diagnostiziert worden ist, kann Unhi mich jederzeit aus dem Weg räumen. Jetzt gleich, wenn sie will.

Ich nehme an, ein Pflegeheim ist besser als ein Irrenhaus. Aber noch möchte ich nirgendwo hin. So oder so, viel Zeit in Freiheit bleibt mir nicht.

»Geh doch mal mit mir hin. Man kann das Heim unverbindlich besichtigen.«

Unhi nimmt meine Hand und beschwört mich. Ich sage zu. Als sie zur Arbeit gegangen ist, fällt es mir ein. Unhis Mutter habe ich erwürgt.

*

Ich habe mir ein Diktiergerät gekauft, das man zum Sprachenlernen verwendet, einen Voicerekorder. Ich trage ihn wie eine Kette um den Hals. Bevor ich etwas tue, spreche ich ins Gerät, selbst bei den einfachsten Sachen. Dann erledige ich, was ich erledigen will. Wenn ich mittendrin nicht weiterweiß, drücke ich die Wiedergabetaste und höre ab, was ich eben aufgenommen habe. Dann versuche ich es erneut.

Ich sage *Ich gehe aufs Klo, um zu pinkeln* und gehe aufs Klo pinkeln. Ich sage *Ich setze Kaffeewasser auf* und setze dann Kaffeewasser auf. Mein Minuten älteres Ich erteilt meinem Minuten jüngeren Ich Befehle. Unaufhörlich zerteilt sich so mein Ich. Auch wenn ich gar nichts zu tun vorhabe, drücke ich, sooft mein Blick auf den Voicerekorder fällt, unwillkürlich auf die Taste. Noch bin ich nicht auf das Gerät angewiesen. Es ist eine Vorsorgemaßnahme für den Fall, dass sich mein Zustand verschlechtert. Ich muss das so oft wiederholen, bis es mir in Fleisch und Blut übergeht.

*

Ich versuche noch einmal mit Unhi zu sprechen. Sie weint, während sie mir zuhört, lautlos vor sich hin. Warum weint sie? Ich will sie doch nur warnen. Was macht sie so traurig? Ich sorge mich doch nur um sie. Solche Gefühlsausbrüche sind zu kompliziert für mich. Ist sie traurig? Wütend? Verletzt? Ich komme nicht dahinter. Unhi beschwört mich mit feuchten Augen, nicht mehr schlecht über Jutae Park zu reden. Das anzuhören sei ihr unerträglich. Er sei ein guter, rechtschaffener Mann. Wie ich den Mann, den sie heiraten wolle, einen Serienmörder nennen könne. Jemanden ohne jeden Beweis derart zu beschuldigen, ginge einfach zu weit. Am Ende konnte ich mich Unhi aber verständlich machen, glaube ich. Das ist gut. Zumindest ist es mir gelungen, ihr den Keim eines Verdachts einzupflanzen. Auch den siegreichen General Othello zerstörte am Ende der kleine Verdacht, den Iago ihm eingeflüstert hatte.

»Dabei bist du nicht einmal mein leiblicher Vater.«

Mit diesen Worten lief Unhi aus dem Zimmer. Obwohl das stimmt, fühlte ich mich zutiefst getroffen.

*

Ich habe mich gerade hingelegt, als Leute in den Hof kommen. Fünf junge Leute in Uniform. Einen Augenblick denke ich: die Polizei.

»Guten Tag.«

Es sind drei Männer und zwei Frauen. Auf meine Frage, wer sie seien, antworten sie, sie seien Kadetten der Polizeiakademie.

Ich bitte sie ins Haus und frage: »Worum geht es?«

Es handele sich um eine Projektarbeit der Akademie. Ihre Gruppe habe die Aufgabe, ungelöste alte Fälle zu untersuchen. Sie zeigen mir ein paar Kopien von Zeitungsartikeln. Alles Fälle, die auf mein Konto gehen. Es ist erstaunlich, wie lebendig einem Dinge erscheinen können, die Jahrzehnte zurückliegen.

»Wir glauben, dass diese Fälle zusammenhängen, dass sie in Wirklichkeit das Werk eines Serienmörders sind. Auch wenn das damals nicht so wahrgenommen wurde.«

Die jungen Kadetten schnattern drauflos. Die Frauen sind hübsch, die Männer attraktiv. Sie reden von Serienmord und finden nichts dabei, plötzlich in Gelächter auszubrechen. Es macht euch wohl Spaß, das FBI-Spielen.

»Ich weiß nicht, wovon Sie reden. Was wollen Sie bei mir, was soll dieser Zirkus?«

Anstelle einer Antwort betritt wie im Theater ein neuer Darsteller die Szene. Ein Mann in den Mittfünfzigern. Die Kadetten stehen auf und salutieren.

»Danke. Setzt euch.«

Der neue Darsteller heißt Kommissar Ahn. Er hält mir seine Visitenkarte hin und grüßt mit einer leichten Verbeugung. Er begleite die Kadetten, schließlich habe er sie nicht alleine losschicken können. Scheinbar desinteressiert setzt er sich etwas weiter weg, schaut sich aber, Beruf ist Beruf, gründlich um.

»Fahrt fort.«

Auf Ahns Aufforderung hin rücken die Kadetten, die Gesichter angespannt, näher an mich heran.

»Wir haben die Tatorte durch Linien miteinander verbunden. Hier, sehen Sie.«

Die Linien, die die Kadetten auf der Karte gezogen haben, bilden ein Achteck. Im Zentrum des Achtecks liegt das Dorf, in dem ich lebe. Eine Kadettin mit kleinem Gesicht und einer schönen, schmalen Nase deutet auf die Karte. Ihre Augen leuchten.

»Wir glauben, dass der Täter, wenn es denn ein Einzeltäter war, aus dieser Gegend …«

Von hier.

»… kommen muss. Auch wenn er bestimmt nicht mehr hier lebt.«

Ein voreiliger Schluss. Kommissar Ahn, der bis dahin vor sich hingedöst hat, hebt plötzlich den Kopf und wirft den Kadetten einen scharfen Blick zu.

»Von hier?«

»Sie leben schon lange hier. Wir möchten Sie fragen, ob Ihnen damals nicht vielleicht jemand aufgefallen ist. Jemand, der sich verdächtig benahm.«

»Damals gab es viele Spione. Wir sind hier nah am Norden, dauernd kamen welche über die Grenze. Wenn ein Freund sich ein paar Tage nicht blicken ließ, pflegten wir zu sagen: ›Der Onkel ist wohl zu Besuch‹. Der Onkel aus dem Norden. Man redete zwar nicht darüber, aber alle wussten Bescheid. Manchmal wurden auch Bergwanderer festgenommen und verhört, weil man sie für Spione hielt.«

»Wir suchen aber keine Spione«, fällt mir einer der Kadetten, der größte von den fünf, ungeduldig ins Wort. Ich hebe beschwichtigend die Hand.

»Was ich damit sagen will: Man konnte gar nicht so schnell gucken, wie die Leute damals festgenommen wurden. Auf Spione stand Kopfgeld. Wer einen zur Anzeige brachte, konnte sich unter Umständen ein schönes Leben machen.«

»Ach so. Sie meinen also, dass man den Täter

vielleicht einmal als vermeintlichen Spion festgenommen hat?« sagt der schlaksige Kadett und fragt die anderen: »Wie könnte man das herausfinden?«

»Ob es im Polizeirevier noch Akten gibt?«

»Nein«, wirft Kommissar Ahn von hinten kurz angebunden ein.

»Nein?« fragt die Kadettin mit dem länglichen Gesicht herausfordernd, eine Spur kritisch fast. Diese vor Selbstbewusstsein strotzenden jungen Polizeischüler, die sich im Fernsehen CSI und andere amerikanische Serien anschauen, diese Kinder, die davon träumen, Kommissar zu werden, haben bestimmt nicht vor, in irgendeinem Polizeirevier auf dem Land zu versauern. Doch wärt ihr, wenn ihr damals hier zuständig gewesen wärt, in der Lage gewesen, mich zu schnappen? Schaut euch die Akten an, ihr werdet aus dem Kopfschütteln nicht herauskommen. Schlampige Voruntersuchungen, mangelnde Kooperation der Reviere, die verhafteten Tatverdächtigen samt und sonders als unschuldig auf freien Fuß gesetzt. Einige haben nach der Demokratisierung des Landes Strafanzeige gegen die Regierung gestellt, sie seien während der Ermittlungen gefoltert worden, und sind dafür entschädigt worden.

Kommissar Ahn sagt: »Habt ihr eine Ahnung, was in den achtziger Jahren los war? Behelmte Polizisten aus der Provinz mussten sich vor der Universität von Seoul mit Molotowcocktails bewerfen lassen. Glaubt ihr, dass es auch nur einen von denen scherte, wenn irgendwo auf dem Land ein paar Leute umkamen?«

Der Kommissar erhebt sich, geht nach draußen in den Hof und zündet sich eine Zigarette an. Die Kadetten stehen ebenfalls auf. Während sie sich die Schuhe anziehen, flüstert mir einer zu: »Für einige dieser Fälle war damals Kommissar Ahn zuständig. Er ist heute noch an den Wochenenden unterwegs, um den Täter zu fassen. Obwohl alles längst verjährt ist. Irgendetwas scheint ihn zu stören. Er will einfach nicht lockerlassen.«

Eine Studentin, die bereits auf dem Hof steht, fügt hinzu: »Mit Leuten vom Land ist nicht zu spaßen. Die sind nämlich dickköpfiger, als sie aussehen.«

Junge Menschen wissen nicht, was sie reden. Deshalb mag ich sie.

Als sei ihm beim Rauchen etwas eingefallen, kommt Kommissar Ahn noch einmal zur Veranda zurück.

»Haben Sie keine Familie?«

»Ich habe eine Tochter.«

»Oh …«

Er hält bestimmt Ausschau nach einem Mann, der

lange allein gelebt hat. Nach einem einsamen Wolf. Die Kadetten schwärmen aus, um sich in der Gegend umzusehen, doch Kommissar Ahn macht keine Anstalten, ihnen zu folgen. Stattdessen lässt er sich auf der Veranda nieder.

»Man wird ja, verzeihen Sie, nicht jünger. Und mit dem Alter kommen doch so allerlei Beschwerden.« Er schlägt sich auf die Knie. So wie wir da sitzen, könnte man uns für alte Dorffreunde halten.

»Was für Beschwerden haben Sie denn?«

»Diabetes, Gicht, hohen Blutdruck. Keine heile Stelle. Das kommt alles von der ständigen Ermittlungsarbeit. Ich bin es leid.«

»Warum ziehen Sie sich nicht zurück, ruhen sich aus?«

»Ausruhen kann ich mich im Grab.«

»In der Tat. Da hat man seine Ruhe.«

Eine Weile schweigen wir.

»Jeder hat doch so eine Sache. Eine, die man unbedingt zu Ende führen möchte, bevor man stirbt«, sagt der Kommissar.

»Sicher. So eine habe ich auch«, stimme ich ihm zu.

»Und die wäre?«

»So eine Sache halt. Die Kadetten erzählten eben, dass Sie immer noch hinter dem alten Serienmörder her sind. Aber was haben Sie davon? Hinter Gitter können Sie ihn ja nicht mehr bringen.«

»Ich weiß auch nicht, warum ich immer wieder auf diese Sache zurückkomme. In letzter Zeit ist es besonders schlimm. Ich finde, man muss dem Täter wenigstens signalisieren, dass die Fälle nicht vergessen sind, dass da immer noch jemand nach ihm sucht. Damit er nicht ruhig schlafen kann.«

Kommissar Ahn. Du weißt, was Mord ist. Du weißt, was ein blutiger Tatort bedeutet. Du weißt um die Macht der unumkehrbaren Tat, die uns in ihren Bann zieht. Aber, Kommissar Ahn: Ich schlafe immer gut.

»Achten Sie auf Ihre Gesundheit, Herr Kommissar. Ich für meinen Teil werde immer vergesslicher.«

»Aber für Ihr Alter sind Sie doch noch gut beieinander.«

»Woher wissen Sie denn, wie alt ich bin?«

Er zuckt. Ich tue so, als hätte ich es nicht bemerkt, und wechsele das Thema.

»Der Arzt sagt, mein Gehirn schrumpft. Irgendwann wird es die Größe einer vertrockneten Walnuss haben.«

Kommissar Ahn sagt nichts dazu.

»Morgen habe ich vielleicht schon vergessen, dass Sie hier waren, Herr Kommissar.«

*

Auch als die Polizeischüler längst gegangen sind, will sich meine Aufregung nicht legen. Gern hätte ich mich vor sie hingestellt und ihnen alles erzählt. Vom ersten bis zum letzten Mord. All die Fälle, an die ich mich deutlich erinnere. Mit großen Augen würden sie mir lauschen. In euren Akten fehlt das Subjekt. Sie sind unvollständig, haben immer nur Objekt und Verb, haben »der Täter« als Platzhalter für einen Namen. Dieser Name, dieses Subjekt bin ich. Ich wäre fast umgekommen vor dem Wunsch, darüber zu reden. Mit Mühe und Not nur hielt ich mich zurück. Ich habe noch etwas zu erledigen.

*

Ich komme aus der Stadt zurück. Jemand ist im Haus gewesen. Hat, wenn auch mit Vorsicht, das Haus durchsucht, daran besteht kein Zweifel. Ein paar Sachen fehlen, ich kann suchen, wie ich will. Er muss sie mitgenommen haben. Ein Einbrecher? Bei uns ist noch nie eingebrochen worden.

Als Unhi am Abend nach Hause kommt, erzähle ich ihr, dass bei uns eingebrochen und dass wir bestohlen worden seien. Sie sieht mich mitleidig an und sagt, das sei nicht der Fall. Sie fragt, was denn fehle, aber es fällt mir nicht ein. Ich bin mir sicher, dass etwas weg ist. Ich kann es fühlen. Aber ich kann es nicht benennen.

»Alle Alzheimerpatienten glauben das. Sie behaupten, die Schwiegertochter oder die Pflegerin würden sie bestehlen.«

Ja, ich weiß. Man nennt das eine Wahnvorstellung. Doch das hier ist keine. Irgendetwas ist ganz bestimmt verschwunden. Das Tagebuch und der Voicerekorder sind sicher, die trage ich stets bei mir. Etwas anderes ist weg.

»Ich hab's! Der Hund! Der Hund ist nicht mehr da.«

»Papa, wir haben keinen Hund.«

Komisch. Ich dachte, wir hätten einen.

*

In meiner Heimat trugen die Kirschbäume an der Ortszufahrtsstraße schöne Blüten. Die Bäume waren während der japanischen Besatzung gepflanzt worden. Im Frühling drängten sich Massen von Menschen durch den Blütentunnel. Wenn die Bäume in voller Pracht standen, nahm ich immer einen weiten Umweg auf mich, um diese Straße zu umgehen. Ich bekam Angst, wenn ich die Blüten lange betrachtete.

Wilde Hunde kann man mit einem Stock verscheuchen, Blüten nicht. Sie sind kompromisslos wild. Diese Kirschblütenallee geht mir nicht nicht aus dem Sinn. Wovor hatte ich damals solche Angst? Es waren doch nur Blüten.

*

Ich bin nie festgenommen oder inhaftiert worden. Aber ich musste immerzu ans Gefängnis denken. In einem chaotischen Traum laufe ich den Flur einer Haftanstalt entlang, obwohl ich nie in einer gewesen bin. Ich irre umher, weil ich meine Zelle nicht finden kann. Oder man steckt mich in eine überfüllte Zelle, wo all meine Opfer grinsend auf mich warten.

Das Fernsehen und die Literatur zeigten mir das Gefängnis als eine Welt aus Eisen. Eine Tür, die sich mit einem Klacken öffnet. Stacheldraht wie Blumenschmuck auf einer hohen Mauer. Eng schließende Handschellen und Fußfesseln. Das Klirren und Klappern von Bestecken und Tabletts. Selbst die Farbe der Häftlingskleidung lässt mich an Eisen denken.

Unter Erlösung stellt sich jeder Mensch sicherlich etwas anderes vor. Einen englischen Garten vielleicht, auf dessen Rasen warmes Sonnenlicht fällt, oder ein schweizer Chalet mit Blumen auf der Veranda. Ich stellte mir immer ein Gefängnis vor. Ein Gefängnis voller grobschlächtiger Kerle, die zwischen den Beinen, unter den Armen, am ganzen Körper nach Schweiß stanken und mich ihrer erbarmungslosen Hackordnung unterwarfen. Dort, dachte ich, würde ich vollständig vergessen können, wer ich bin. Dort würde ich mein ewig ruheloses Ich in den Schlaf wiegen können.

Ich hatte auch Strafbunkerphantasien. Immer wieder stellte ich mir vor, in einer sargähnlich engen Zelle eingesperrt zu sein, die Hände auf dem Rücken gefesselt, mit der Zunge das Essgeschirr ableckend. Zerschunden, niedergetreten und völlig erschöpft verzehre ich mich nach der Welt, aus der ich gekommen bin: dem Erdboden. Diese Vorstellung löste in mir ein intensives Lustgefühl aus. Vielleicht war ich es müde, alles immer nur allein entscheiden und tun zu müssen. Das Gefängnis und der Strafbunker waren für mich eine Welt, in der die Autonomie meines teuflischen Ichs auf Null schrumpfen würde. Wo ich nicht umbringen und unter die Erde bringen könnte, wen immer ich wollte, wo selbst der Gedanke daran unmöglich wäre, wo mein Körper und mein Geist vollkommen zerstört würden. Wo ich mein Ich für immer verlieren würde.

*

Ein Sportplatz. Ich erinnere mich, wie die Menschen zusammenströmten. Auf dem Platz fand eine Volkskundgebung statt. Der Norden hätte Guerillakämpfer entsandt, ein US-Kriegsschiff sei gekapert, die Präsidentengattin erschossen worden. Sprecher traten auf und brüllten, *Lasst uns das rote Schwein Ilsung Kim in Stücke reißen! Rotten wir sie aus, die KP!* Die Kinder saßen ganz vorn und sahen zum Podium hinauf. Wir wussten, was passieren würde, warteten auf das große Spektakel: das Abschneiden von Gliedmaßen, Fontänen von Blut.

»Der da«, sagte ein Freund und zeigte auf einen jungen Mann hinten auf dem Podium.

»Heute ist es der. Ganz sicher.«

»Woher willst du das wissen?«

»Das ist ein Gangster, das sieht man doch.«

Der junge Mann fiel tatsächlich auf. Alle anderen auf dem Podium waren einflussreiche Persönlichkeiten aus der Region. Anwesend waren der Provinzgouverneur, der Polizeipräsident, ein General, der Oberschulrat, Rektoren. Nur von dem jungen Mann ging die für Leute seines Schlages typische Spannung aus – die Spannung roher Gewalt. Seine Brust sprengte fast das Jackett.

Wenig später trat der Mann, auf den mein Freund gezeigt hatte, unter Applaus nach vorn. Die Kundgebung ging auf ihren Höhepunkt zu. Immer wieder kreischten Frauen oder fielen in Ohnmacht. Sobald der Mann erschien, traten zwei traditionell gekleidete Frauen vor und hielten ihm ein Blatt Papier hin. Der Mann brüllte »Nieder mit den Kommunisten, diesen Schweinehunden!« und zog ein Messer aus dem Jackett. Die Frauen kreischten und hielten sich die Augen zu. In der nächsten Sekunde schwang der Mann das Messer und schnitt sich den kleinen Finger ab.

TOD DEN KOMMUNISTEN!

Die zwei Frauen hielten das Papier mit der blutigen Botschaft in die Höhe. Eine Militärkapelle spielte auf, die Leute sangen »Die Fackel der Vernichtung des Kommunismus«:

*Wir, die wir unser schönes Land beschützen, leben entschlossen das Heute. Männer, voran! Für den Frieden unserer Eltern und Brüder und Schwestern auf der heimatlichen Erde, voran, durchs Feuer der Kugeln und Granaten! Kamerad, mein Land beschütze ich selbst! Unter der Fackel der Vernichtung des Kommunismus setze ich mein Leben aufs Spiel!*

Sanitäter stiegen aus dem Rettungswagen, der am Rand des Sportplatzes bereitstand, und rannten zu dem Mann. Er brüllte: »Ich brauch das nicht, ich brauch das nicht!« Der Anblick seines eigenen Blutes hatte ihn in einen Rausch versetzt. Wie ein gehetztes Tier blickte er sich hechelnd nach allen Seiten um. Erst als der Polizeipräsident, der hinter ihm gesessen hatte, an ihn herantrat und ihm etwas zuflüsterte, sank er in sich zusammen. Die Sanitäter führten ihn vom Podium und versorgten die Wunde.

Auf allen Volkskundgebungen stiegen damals Kleingangster aufs Podium, schnitten sich einen Finger ab und brüllten »Tod den Kommunisten!«. Erst wenn Blut gespritzt war, hatte man das Gefühl, dass die Kundgebung zu Ende war. Man munkelte, dass die Polizei die Straßengangs um Unterstützung bat. Die wählten dann unter ihren Männern einen aus, der aufs Podium musste. Ich fragte mich damals, ob wir für all die Kundgebungen im Land genügend Kleingangster hatten. Eines Tages war es mit diesen Veranstaltungen dann plötzlich vorbei. Der Präsident war von einem Mann aus seinem engsten Umfeld erschossen worden.

Während alle damit beschäftigt waren, das Gespenst namens Kommunismus zu jagen, frönte ich weiter meiner eigenen Jagd. Von einem Mann, den ich 1976 umbrachte, hieß es in einer offiziellen Verlautbarung, er sei von einem Spion getötet worden.

»Es ist davon auszugehen, dass der Täter sich unmittelbar nach der grausigen Tat wieder in den Norden abgesetzt hat. Die bestialische Art und Weise des heimtückischen Mordes lässt keinen Zweifel, dass es sich um einen Akt der nordkoreanischen Marionettenregierung handelt.«

Wenn ein Mord von einem Gespenst verübt wird, besteht natürlich keine Notwendigkeit, nach dem Täter zu fahnden.

*

Auf dem Heimweg aus der Stadt stieß ich an der Dorfeinfahrt auf einen fremden Kerl. Der junge Mann starrte mich unverhohlen an, die Arme verschränkt. Wer war das? Wer in aller Welt zeigte mir so offen seinen Hass? Ich bekam es mit der Angst zu tun. Aus alter Gewohnheit hielt ich ihn zuerst für einen Kriminalbeamten. Als ich zu Hause mein Heft durchblätterte, wurde es mir schlagartig klar. Es war dieser Jutae Park.

Warum nur kann ich mir sein Gesicht nicht einprägen? Das macht mich ganz nervös. Bevor ich es vergesse, schreibe ich es auf: Der Kerl ist abermals aufgetaucht.

*

Unhi spricht erneut das Thema Pflegeheim an. Sie schlägt vor, dass wir es uns wenigstens einmal ansehen. Neugierig geworden, wie demente alte Menschen wohl ihren Tag verbringen, beschloss ich, mitzugehen. Plötzlich wird Unhi wütend. Als ich sie nach dem Grund frage, sagt sie, ich hätte auf einmal »Wann habe ich gesagt, dass ich mitgehe?« gerufen und wieder einen Rückzieher gemacht.

»Das habe ich gesagt? Daran kann ich mich nicht erinnern.«

Unhi redet mir noch einmal zu. Daher gehe ich gleich mit. Später höre ich auf dem Voicerekorder, wie ich Unhi im Auto die ganze Zeit frage, wo wir hinführen. Unhi antwortet jedes Mal geduldig: »Wir fahren ins Pflegeheim, Papa. Du wolltest einmal hin, um es dir anzuschauen. Wir schauen es uns nur an.«

Im Heim machte Unhi von allem Fotos. Die Fotos würden mir später helfen, mich zu erinnern. Ich sprach auf den Voicerekorder und machte Notizen.

Die Alten sahen friedvoll aus. Ich setzte mich eine Weile zu einer Gruppe, die ein Gesellschaftsspiel spielte. Sie hießen mich in ihrer Runde herzlich willkommen. Das Spiel bestand darin, Klötzchen aufeinanderzustapeln. Es war nicht einfach. Wieder und wieder stürzten die Türmchen ein. Trotzdem freuten sich die Alten.

»Siehst du, sie haben alle Spaß«, sagte Unhi zu mir. Sie weiß nicht, dass in dem Genuss, nach dem ich strebe, für Dritte kein Platz ist. Ich kann mich nicht erinnern, je etwas mit jemandem gemeinschaftlich genossen zu haben. Lang anhaltende Lust suchte und fand ich immer nur in mir selbst. So wie Schlangenhalter ihren Schlangen Hamster kaufen, verlangte auch das Monster in mir ständig nach Futter. Nur in solchen Momenten hatten Dritte für mich eine Bedeutung. Der Anblick der vor Freude in die Hände klatschenden Alten erfüllte mich mit Abscheu. Lachen bedeutet, schwach zu sein. Bedeutet, sich schutzlos anderen auszuliefern. Signalisiert, dass man bereit ist, Futter zu sein. Die Alten kamen mir kraftlos, vulgär und kindisch vor.

Unhi und ich gingen in den Aufenthaltsraum, wo ein paar Alte sich unterhielten. Wobei von Unterhaltung keine Rede sein konnte. Ein Alzheimer-Patient im fortgeschrittenen Stadium brabbelte unaufhörlich sinnloses Zeug, die anderen lauschten und gaben ihren Senf dazu. Alle redeten durcheinander. Obwohl nichts Lustiges gesagt wurde, brach dauernd helles Gelächter aus. Unhi fragte die Sozialarbeiterin, die uns herumführte: »Wie können die sich überhaupt unterhalten?«

Der Sozialarbeiterin hatte man diese Frage wohl schon öfter gestellt. Sie antwortete wie aus der Pistole geschossen: »Betrunkene zum Beispiel unterhalten sich doch auch miteinander und haben ein gute Zeit. Um eine Unterhaltung zu führen, ist Intelligenz nicht unbedingt vonnöten.«

*

Auf dem Notizzettel steht nur »Zukunftsgedächtnis«, ohne weitere Erklärung. Warum habe ich das aufgeschrieben? Es ist zweifellos meine Handschrift, aber was soll das bedeuten, »Zukunftsgedächtnis«? »Gedächtnis« bezieht sich doch auf Vergangenes. Irritiert schaue ich im Internet nach. »Zukunftsgedächtnis«, heißt es da, bedeute, sich Dinge zu merken, die man später, in der Zukunft zu tun habe. Genau das sei, was Demenzkranke am ehesten nicht mehr könnten. Zukunftsgedächtnis sei, sich Sätze wie »Nehmen Sie das Medikament 30 Minuten nach der

Mahlzeit ein« merken zu können. Verliert man das »Vergangenheitsgedächtnis«, weiß man nicht mehr, wer man ist. Verliert man das Zukunftsgedächtnis, verharrt man für immer in der Gegenwart. Welchen Sinn hat die Gegenwart, wenn es weder Vergangenheit noch Zukunft mehr gibt? Doch was will man machen? Wenn die Schienen unterbrochen sind, muss der Zug eben anhalten.

Das bereitet mir Sorge. Schließlich habe ich noch etwas Wichtiges vor.

*

Ich mag es ruhig. In der Stadt könnte ich nicht leben. Da stürmt zu vieles auf einen ein. Geräusche, Hinweisschilder, Ladenschilder, Menschen und ihre Gesichtsausdrücke. Ich kann das alles nicht deuten. Es macht mir Angst.

*

Nach langer Zeit bin ich wieder einmal zum örtlichen Schriftstellertreffen gegangen. Die Leute sind alt geworden. Einer, der früher einen Roman nach dem anderen schrieb, erforscht jetzt Familienstammbäume. Es zieht ihn also zunehmend zu den Toten.

Andere, die früher Gedichte schrieben, widmen sich jetzt der Kalligraphie. Auch so eine Kultur, die den Toten angehört.

»Mir gefallen jetzt immer mehr die Sachen von anderen«, sagt einer. Ein anderer pflichtet ihm bei: »Die Grundlage der östlichen Kunst war schon immer die Nachahmung.«

Im Alter kommen sie alle auf den Osten zurück.

Einer, der früher Rektor einer Berufsoberschule war und von allen, obwohl er im Ruhestand ist, Rektor Park genannt wird, fragt mich, ob ich immer noch Gedichte schriebe.

»Aber ja.«

Er will sie sehen.

»Zum Vorzeigen sind sie nicht gut genug.«

»Trotzdem beeindruckend, dass du immer noch schreibst.«

»Ich versuche es. Aber ich bringe nichts Gescheites zustande. Vielleicht bin ich zu alt.«

»Worüber schreibst du denn so?«

»Worüber ich immer schreibe.«

»Immer noch Blut, Leichen und dergleichen? Im Alter sollte man milder werden, mein Freund.«

»Ich bin milder geworden. Aber davon abgesehen: *Ein* gutes Gedicht würde ich gerne schreiben, bevor ich sterbe.«

»Dann schreib, schieb es nicht auf. Wer weiß, ob man den nächsten Morgen erlebt.«

»Meine Rede.«

Wir trinken Kaffee. Ich sage: »Zur Zeit lese ich wieder die Klassiker. Die klassische griechische Literatur, die ich früher gelesen habe.«

»Und speziell was?«

»Tragödien, Epen. Auch Ödipus und die Odyssee.«

»Das spricht dich an?« fragt Rektor Park und wedelt mit seiner Lesebrille.

»Es gibt Dinge, die einen erst im Alter ansprechen.«

Auf der Toilette überprüfe ich den Voicerekorder. Es ist alles drauf.

*

Im Bücherregal stieß ich auf ein gutes Gedicht. Überwältigt las ich es immer wieder und versuchte, es auswendig zu lernen. Dann fiel mir auf, dass es von mir selbst stammte.

*

Wieder erschrecke ich, als ich im Heft lese. Der Besuch der Polizeischüler ist in meinem Gedächtnis wie ausradiert. Obwohl das jetzt öfter passiert, kann ich mich nicht daran gewöhnen. Es ist anders als normales Vergessen. Es ist, als hätte sich die Sache überhaupt nie zugetragen. Ich habe das Gefühl, etwas aus einem Expeditionsbericht zum Südpol oder aus einem Kriminalroman zu lesen. Dabei handelt es sich eindeutig um meine Handschrift. Ich habe nicht die geringste Erinnerung daran, aber ich schreibe es noch einmal auf: Gestern waren fünf Polizeikadetten und ein gewisser Kommissar Ahn bei mir.

*

Mir fallen nur noch alte Erinnerungen ein, die aber umso lebendiger.

Meine allererste Erinnerung: Ich hocke mitten im Hof in einem Waschkübel und plansche. Wahrscheinlich habe ich gebadet. Da ich in den Kübel passe, werde ich drei Jahre oder jünger gewesen sein. Ganz nah an meinem ist das Gesicht einer Frau. Vermutlich meine Mutter. In der Nähe laufen andere Frauen umher. Wie einen Oktopus, den sie auf dem Markt gekauft hat, wendet mich meine Mutter hin und her und schrubbt mich ab. Ich erinnere mich deutlich an den Moment, als ihr Atem meinen Hals streifte, auch daran, dass ich in der grellen Sonne blinzelte. Da meine Schwester in der Erinnerung nicht vorkommt, ist sie entweder noch nicht geboren oder irgendwo anders. Ich erinnere mich, dass meine Mutter mich zum Schluss plötzlich am Penis packt und irgendetwas sagt. Was danach kommt, weiß ich nicht mehr. Nur dass ich es seltsam fand, dass mir der Hintern weh tat, obwohl sie mich am Penis zog, und dass irgendwo Frauen kicherten.

*

Der Mensch ist ein Häftling, eingekerkert in einem Gefängnis namens Zeit. Ein demenzkranker Mensch ist ein Häftling, eingekerkert in einem Gefängnis, das immer schneller immer kleiner wird. Bis man keine Luft mehr bekommt.

*

Irgendwie bereitet mir der Besuch der Polizeikadetten Bauchschmerzen. Könnten sie mir auf meinem Weg, Jutae Park zu stellen, in die Quere kommen?

*

Unhi ist letzte Nacht nicht nach Hause gekommen. Ich machte mich auf das Schlimmste gefasst. Ich nahm mir vor, den Kerl bei Tagesanbruch aufzusuchen, und bereitete alles Nötige vor. Dann nickte ich ein. Als ich aufwachte, war Unhi offenbar kurz dagewesen. Die Sonne stand hoch am Himmel.

Rebelliert Unhi etwa?

*

Beim Durchblättern des Heftes oder beim Abhören des Voicerekorders stoße ich auf Dinge, an die ich mich nicht im Geringsten erinnern kann. Das ist nicht weiter ungewöhnlich, da ich mein Gedächtnis verliere. Es ist ein bizarres Gefühl, von eigenen Handlungen, Gedanken und Worten zu lesen, an die ich mich nicht erinnere. Als läse ich nach langer Zeit noch einmal die russischen Romane, die ich in meiner Jugend gelesen habe. Das Setting kommt mir vertraut vor, auch die Akteure. Und doch ist alles neu. Ist das wirklich passiert?

*

Ich frage Unhi, warum sie letzte Nacht nicht nach Hause gekommen ist. Sie weicht meinem Blick aus und streicht sich wiederholt die Haare hinters Ohr. Eine alte Angewohnheit von ihr, wenn man mit ihr schimpfte. Hinter dieser Angewohnheit kommt die kleine Unhi zum Vorschein, das ahnungslose, unschuldige Kind, das auf mich angewiesen war.

»Das ist doch jetzt nicht mehr wichtig.« Unhi versucht, das Thema zu wechseln.

»Das hast du noch nie gemacht, warum also jetzt? Wo hast du übernachtet?«

»Ich kann übernachten, wo ich will.«

Unhi wird ungewöhnlich laut. So wie sie aufbraust, war sie garantiert mit dem Kerl zusammen. Jetzt versucht sie nicht einmal mehr, sich herauszureden. Wahrscheinlich denkt sie, ich werde ohnehin alles vergessen. Sie weiß nicht, wie verzweifelt ich mich an jede Erinnerung klammere.

»Der Kerl ist ein Blaubart.«

»Was für ein Bart? Er hat keinen Bart.«

Unhi mangelt es an Bildung.

*

Warum lässt er Unhi wohl am Leben? Ist sie für ihn eine Art Geisel? Hält er sie in seiner Nähe, damit ich ihn nicht anzeigen kann? In dem Falle könnte er doch mich zuerst aus dem Weg räumen. Worauf wartest du, Jutae Park?

*

Unhi telefoniert mit einer Freundin. Ich lausche, das Ohr an der Tür. Unhi scheint sich in Jutae Park verliebt zu haben. Pausenlos spricht sie von ihm. Was für ein feiner Mensch er sei, und wie gut er zu ihr sei. Ich glaube, ich höre zum ersten Mal die unverstellte Stimme einer verliebten Frau. Unhi hat nie in einer richtigen Familie gelebt. Sie verlor ihre Eltern, als sie noch klein war, und danach lebte sie bei mir. Zum ersten Mal schwelgt sie in Träumen, stellt sich ihre eigene kleine Familie vor. Aber Unhi. Warum muss es ausgerechnet dieser Kerl sein? Warum liebst du ausgerechnet den Kerl, dem vorherbestimmt ist, durch dieselbe Hand zu sterben, die schon deine Eltern umgebracht hat?

*

Ich kann es nicht erwarten, Jutae Park endlich umzubringen. Doch dauernd entgleitet mir das Bewusstsein. Ich habe Angst, bald zu gar nichts mehr in der Lage zu sein. Ich bin deprimiert.

*

In Unhis Portemonnaie finde ich Kommissar Ahns Visitenkarte. Warum ist er hinter mir her? Will er es noch einmal allen zeigen?

*

Seit ich sie vor Jutae Park gewarnt habe, geht Unhi mir demonstrativ aus dem Weg. Ich versuche, es ihr nicht übelzunehmen. Eines Tages, wenn mein völlig verschrumpeltes Gehirn sich an nichts mehr erinnert, wenn nichts mehr nach meinem Willen läuft, vielleicht auch erst, wenn ich tot und begraben bin, wird Unhi mein Heft lesen, wird hören, was auf dem Band ist. Dann wird sie erfahren, was für ein Mensch ich gewesen bin, wird erfahren, was ich für sie geplant hatte.

*

»Heute war ein Kriminalkommissar bei mir im Institut«, sagte Unhi. Es war offenbar Kommissar Ahn.

»Er hat mich nach meiner Mutter gefragt.«

»Und was hast du gesagt?«

»Was soll ich schon gesagt haben? Dass ich nichts von ihr weiß, natürlich.«

»Warum interessiert sich dieser Kommissar denn auf einmal für deine Mutter?«

»Woher soll ich das wissen? Ich habe ihn jedenfalls gebeten, mich zu informieren, wenn er etwas herausfindet.«

»Und was hat er gesagt?«

»Dass er das tun wird. Eins fand ich allerdings seltsam.«

»Was?«

»Du hast doch gesagt, meine leibliche Mutter wäre tot. Der Kommissar meinte aber, sie sei verschollen. Von meinem Vater läge ein Totenschein des Krankenhauses vor, auch eine Todesanzeige. Aber von meiner Mutter nichts. Sie wäre, weil lange verschollen, nur für tot erklärt worden. Ist das nicht komisch?«

»Hast du ihm das gesagt, diesem Kommissar Ahn? Dass das komisch sei?«

»Ja. Und er fand es auch komisch.«

»Der Direktor des Waisenhauses sagte damals, deine Mutter wäre tot. Und ich hatte keinen Grund, daran zu zweifeln.«

»Wo sie jetzt wohl ist?«

»Tja. Vielleicht ganz in der Nähe.«

In unserem Hof beispielsweise.

*

Auf dem Voicerekorder befinden sich unter den Aufnahmen der letzten Tage mehrere Lieder. Von Chuja Kim und Yongpil Cho. Auch »Der Frühlingsregen« von Insu Park ist dabei. »Frühlingsregen, Tränenregen, wie lange willst du regnen? Frühlingsregen, Frühlingsregen, du rührst mein Herz zu Tränen.«

Warum habe ich das gesungen?

Ich weiß es nicht.

Dass ich es nicht weiß, macht mich wütend. Ich würde gerne alles löschen, weiß aber nicht wie.

*

Als ich aus dem Mittagsschlaf erwache, sitzt Jutae Park an meinem Bett. Mit der Hand drückt er meine Stirn nieder, so dass ich nicht aufstehen kann. Er sagt, er wisse, wer ich sei. Ich frage, was er meine. Er sagt, er und ich gehörten derselben Spezies an. Er habe es auf den ersten Blick gesehen. Dass ich auch ihn durchschaut hätte, habe er ebenfalls bemerkt.

»Willst du mich umbringen?«

Er schüttelt den Kopf. Er habe ein viel interessanteres Spiel vor. Dann macht er die Tür auf und geht. Ich lag also richtig mit meiner Vermutung. Nur – was für ein Spiel hat er vor?

*

Scham und Schuldbewusstsein: Scham bezieht sich auf einen selbst. Man schämt sich vor sich selbst. Schuldbewusstsein bezieht sich auf Andere. Man schämt sich nach außen. Es gibt Menschen, die ein Schuldbewusstsein haben, aber keine Scham empfinden. Sie fürchten sich vor der Bestrafung durch Andere. Ich empfinde Scham, habe aber kein Schuldbewusstsein. Die Blicke Anderer oder ihre Schuldzuweisungen habe ich nie gefürchtet. Mein Schamgefühl hingegen ist besonders ausgeprägt. Manche habe ich nur deshalb umgebracht. Leute mit Schamgefühl sind die eigentlich gefährlichen. Leute wie ich.

Zuzulassen, dass Jutae Park Unhi umbringt, wäre beschämend. Das würde ich mir nicht verzeihen.

*

Ich habe über die Jahre viele Leben gerettet. Auch wenn es nur Tiere waren, die nicht sprechen können.

*

Als ich zu mir komme, sitzt Kommissar Ahn bei mir. Ich kann mich nicht im Geringsten erinnern, seit wann er auf der Veranda sitzt und sich mit mir unterhält. Er führt irgendetwas aus. Es ist wie bei einem Fernsehfilm, bei dem man sich erst mittendrin zuschaltet.

»… ausgerechnet dieser Laden. Dass mich das zur Weißglut trieb, ist wohl verständlich!«

»Welcher Laden?« unterbreche ich ihn.

»Der Tabakladen. Wo ich immer meine Zigaretten gekauft habe.«

»Was ist denn damit?«

Kommissar Ahn, der wie ein Bär aussieht, wirft mir einen gleichgültigen und zugleich scharfen Blick zu.

»Sie sind ja wirklich vergesslich … Die ermordete Frau hat da gearbeitet.«

Langsam dämmert es mir. Mein achtes Opfer war ein »Fräulein vom Tabakladen«, wie es in dem Gassenhauer damals hieß. Kommissar Ahn war demnach Stammkunde in dem Laden gewesen. Doch wie sind wir auf das Thema gekommen?

»Und?«

»Die junge Frau erscheint mir immer noch oft im Traum. Sie fleht mich an, den Täter zu fassen.«

Ich sage: »Dann sollten Sie das unbedingt tun.«

»Das werde ich«, sagt Kommissar Ahn.

»Aber sollte nicht zuerst der Serienmörder dingfest gemacht werden, der hier gerade sein Unwesen treibt?«

»Dafür ist die Sonderkommission zuständig. Ich gehe bald in Pension, da lässt man mich noch ein bisschen meiner Lieblingsbeschäftigung nachgehen.«

Kommissar Ahn zieht eine Packung Zigaretten aus der Jackentasche.

»Zigaretten schaden zwar der Gesundheit, sollen aber der Demenz vorbeugen«, murmelt er, als brauchte er eine Ausrede, und steckt sich eine zwischen die Lippen.

»Dann hätte ich wohl besser geraucht.«

»Möchten Sie eine?« fragt der Kommissar und hält mir die Packung hin.

»Ich weiß nicht, wie das geht.«

Der Rauch von Ahns Zigarette steigt den Pfosten der Veranda entlang nach oben.

»Soll das heißen, Sie haben noch nie eine geraucht? Übrigens, der Hund da ist ja recht anhänglich. Wie heißt er denn?«

Der Kommissar schnalzt leise, um den Hund herbeizulocken, aber der gelbe Mischling nähert sich nur bis zu einer gewissen Stelle und wedelt mit dem Schwanz.

»Das ist nicht unser Hund … Ich sollte das Tor nicht offen lassen, hier streunen dauernd Hunde rum.«

»Der war aber neulich auch schon da. Ist es nicht doch Ihr Hund?«

»Ich weiß nicht, wo der herkommt. Neuerdings treibt er sich ständig bei uns herum. Hau ab!«

»Lassen Sie ihn, er ist doch brav. Was hat er denn da im Maul?«

»Einen Rinderknochen. Die Nachbarn kochen ständig Rinderbrühe, bestimmt hat er den Knochen von da. Das stinkt vielleicht, das Zeug! Wie kann der Mensch Tag ein Tag aus immer nur Rinderbrühe essen? … Aber sagen Sie«, frage ich beiläufig, »warum ist denn Ihr Serienmörder bislang nicht gefasst worden? Vielleicht ist er schon tot.«

»Gut möglich. Aber ein friedvolles Leben wird er dann nicht gehabt haben. Selbst jemand wie ich träumt unruhig. Wie soll da einer, der so viele Menschen umgebracht hat, selig schlummern können? Jedenfalls wird er an allerlei üblen Krankheiten gelitten haben. Man sagt ja, dass Stress die Ursache aller Krankheiten ist.«

»Betrifft das auch Alzheimer?«

»Was? Mord?«

Ahns Augen blitzen auf. Ich wehre mit den Händen ab.

»Nein, ich meine Stress.«

»Ganz abwegig ist es nicht.«

»Wer hat schon keinen Stress? Stress ist doch, was uns im Leben …« Ich stocke, mir fällt das richtige Wort nicht ein. Vorsichtig vervollständigt Kommissar Ahn den Satz.

»… antreibt?«

»Antreibt, genau.«

Wir lachen beide hohl. Hahaha, hahaha, hahaha. Der gelbe Hund duckt sich und bellt uns kurz an.

*

Alles fängt an, durcheinanderzugehen. Ich meine, etwas aufgeschrieben zu haben, doch im Heft steht nichts. Was ich auf den Voicerekorder gesprochen zu haben glaube, ist schriftlich fixiert. Oder umgekehrt. Erinnertes, Aufgezeichnetes und Eingebildetes kann ich nicht mehr auseinanderhalten. Der Arzt schlägt vor, Musik zu hören. Seitdem höre ich zu Hause klassische Musik. Ob es etwas nützen wird? Auch ein neues Medikament hat er mir verschrieben.

*

In den letzten Tagen hat sich mein Zustand sehr verbessert. Liegt es an dem neuen Medikament? Ich bin guter Laune und habe Lust, das Haus zu verlassen. Das Selbstvertrauen dazu habe ich. Mein vorher wie in Nebel gehüllter Kopf ist klar, und auch mein Gedächtnis scheint besser geworden zu sein. Der Arzt und Unhi sind ebenfalls dieser Meinung. Der Arzt sagt, Demenz werde oft von Altersdepression begleitet, dabei sei Depression selbst ein Faktor, der die Demenz verschlimmere. Bei nachlassender Depression könne die Demenz daher einen langsameren Verlauf nehmen, oder es könne einem zeitweilig so vorkommen, als sei eine Besserung eingetreten.

Zum ersten Mal seit langem strotze ich geradezu vor Selbstbewusstsein. Ich habe das Gefühl, alles zu können. Jetzt, wo mein Geist klar ist, muss ich tun, was ich vor mir hergeschoben habe.

*

Wieder hat man eine Frauenleiche gefunden. Auch diesmal in einem Graben an einem Feldweg. Die Art, wie das Opfer gefesselt war, und der Ablageort der Leiche lassen auf ein und denselben Täter schließen. Die Polizeikontrollen wurden verstärkt, und wie eine Meute streunender Hunde rennen überall Polizisten herum und machen Theater.

*

Plötzlich kommt mir der Gedanke, dass ich auf Jutae Park eifersüchtig sein könnte.

*

Manchmal denke ich darüber nach, dass ich keine Strafe abbüßen muss, selbst wenn ich gefasst würde. Seltsam. Ich sollte mich darüber freuen, tue es aber nicht. Ich habe das Gefühl, von der Gesellschaft ausgestoßen worden zu sein. Ich verstehe nichts von Philosophie. In mir lebt ein Tier. Tiere haben keine Ethik. Warum habe ich also dieses Gefühl? Weil ich alt bin? Dass ich bis heute nicht gefasst worden bin, war wahrscheinlich reines Glück. Warum bin ich aber nicht glücklich? Was ist das überhaupt, »Glück«? Fühlen, dass man am Leben ist? Wenn dem so wäre: War ich nicht am glücklichsten, wenn ich ans Morden dachte und Morde plante? In jenen Momenten war ich gespannt wie eine fest aufgezogene Saite, es gab wie jetzt nur Gegenwart. Es gab weder eine Vergangenheit noch eine Zukunft.

Vor ein paar Jahren blätterte ich beim Zahnarzt im Wartezimmer durch ein Buch. Es hieß *Die Freude des Sich-Versenkens* oder so ähnlich. Der Autor betonte, wie wichtig es sei, sich in etwas zu versenken, welchen Genuss das einem bereite. Herr Autor. Als ich ein Kind war, machten die Erwachsenen sich Sorgen, wenn ein Kind sich in etwas versenkte. Es hieß: Das Kind ist ein Eigenbrötler. Früher haben sich nur Verrückte in etwas versenkt. Wenn Sie wüssten, wie sehr mein altes Ich auf das Morden von Menschen fixiert war, wie es sich in dieses Morden versenkte, welchen Genuss es dabei empfand, wüssten Sie, wie gefährlich solches Sich-Versenken sein kann, und würden den Mund halten. Sich in etwas zu versenken ist gefährlich. Deshalb bereitet es Genuss.

Von den vergangenen fünfundzwanzig Jahren, in denen ich niemandem etwas zuleide getan habe, ist mir nichts im Gedächtnis geblieben. Es war nur eine Anhäufung von Alltäglichkeiten. Zu lange habe ich den braven, einfältigen Menschen gespielt.

Ich will mich wieder versenken.

*

Nach meinem Verkehrsunfall hatte ich Delirien, wahrscheinlich in Folge der Gehirnoperationen. Es war so schlimm, dass die Krankenschwestern mich ans Bett binden mussten. Da mein Körper gefesselt war, flog nur mein Geist frei umher. Ein Traum von damals, so überaus lebhaft, als hätte ich ihn wirklich erlebt, hat sich mir bis heute tief ins Bewusstsein gegraben. In dem Traum bin ich ein Angestellter, verheiratet und habe drei Kinder. Zwei ältere Töchter und einen Sohn. Mit dem Lunchpaket, das meine Frau für mich zubereitet hat, gehe ich zur Arbeit aufs Amt. Die süße Langeweile eines wohlgeordneten, sicheren Lebens umgibt mich, ein Gefühl, das ich noch nie in meinem Leben erlebt habe.

Als ich nach dem Mittagessen mit den Kollegen von einem Billardspiel zurückkomme, sagt eine Angestellte im Büro, meine Frau habe angerufen. Ich rufe zurück, meine Frau klingt gehetzt. »Liebling, Liebling, Liebling«, stößt sie hervor und ruft um Hilfe, dann ist die Verbindung weg. Ich renne nach Hause, will dabei etwas sagen, bringe aber kein Wort über die Lippen. Als ich die Tür aufreiße und ins Zimmer stürze, liegen dort meine Frau und unsere drei Kinder auf dem Boden. Zur selben Zeit stürmen Polizisten ins Haus und legen mir Handschellen an. Was soll das bedeuten? Bin ich etwa nach Hause gerannt, um festgenommen zu werden?

Seither habe ich jedesmal, wenn ich mich an diesen Traum erinnere, das Gefühl, etwas verloren zu haben. Doch was? Den kurzen glücklichen Moment eines gewöhnlichen Lebens, bevor man mich daraus vertrieb? Frau und Kinder? Dieses Gefühl, etwas verloren zu haben, was ich in Wirklichkeit nie besaß, ist sonderbar. War das nur eine von den Narkosemitteln hervorgerufene Halluzination? War mein Gehirn nicht imstande, die Halluzination als solche zu erkennen? Aber auch meine Erleichterung im Moment der Verhaftung gab mir zu denken. Solch eine Erleichterung mag jemand verspüren, der nach einer langen Reise, auf der er alles Gute der Welt gesehen hat, endlich wieder sein altes, schäbiges Heim betritt. Lunchpakete und Büro sind nicht meine Welt. Meine Welt sind Blut und Handschellen.

*

Ich war in nichts wirklich gut. Außer in einem. Doch das war nichts, dessen ich mich hätte rühmen können. Wie viele Menschen gibt es wohl, die den Stolz auf etwas mit ins Grab nehmen müssen, weil sie niemandem davon erzählen können?

*

Die Degeneration des kognitiven Vermögens lässt sich nur durch Medikamente verlangsamen. Was für ein Dilemma also, dass ich ständig vergesse, meine Medikamente einzunehmen. Ich versuche zwar darauf zu achten, indem ich Punkte auf den Kalender male, doch manchmal weiß ich nicht, was diese Punkte bedeuten sollen, und starre nur verloren auf den Kalender.

Mir fällt ein dummer Witz ein, den ich vor langer Zeit gehört habe. Als plötzlich der Strom ausgeht, trägt der Vater dem Sohn auf, Kerzen herauszuholen.

»Papa, es ist so dunkel, dass ich die Kerzen nicht finden kann.«

»Dummkopf, mach das Licht an, dann findest du sie auch.«

In etwa so verhält es sich mit mir und meinen Medikamenten. Um die Medikamente einzunehmen, muss ich mich an sie erinnern, aber da ich das nicht kann, kann ich sie nicht einnehmen.

*

Die Menschen wollen das Böse verstehen. Ein sinnloser Wunsch. Das Böse ist wie ein Regenbogen. Im selben Maße, in dem man sich ihm nähert, entfernt er sich. Das Böse ist deshalb das Böse, weil man es nicht verstehen kann. Galten im Europa des Mittelalters nicht Sexualverkehr von hinten und gleichgeschlechtlicher Sex als Todsünden?

*

Komponisten hinterlassen vermutlich deshalb Noten, weil sie sicherstellen wollen, dass ihr Stück zu einem späteren Zeitpunkt nachgespielt werden kann. Im Kopf eines Komponisten, der einen musikalischen Einfall hat, geht es bestimmt zu wie bei einem Feuerwerk. Es in Ruhe aufs Papier zu bringen, kann kein leichtes Unterfangen sein. In der Bedachtsamkeit, mit der der Komponist seine musikalischen Vortragsbezeichnungen zu notieren hat, zum Beipiel *con fuoco* – mit Feuer, leidenschaftlich –, steckt allerdings eine gewisse Komik. Anscheinend braucht es im Kopf des Künstlers einen kleinen Büroangestellten, damit Stück und Komponist der Nachwelt überliefert werden können.

Wahrscheinlich gibt es auch Komponisten, die keine Noten hinterlassen. Bestimmt hat es auch Meister der Kampfkunst gegeben, die gestorben sind, ohne je ihre Kunst an jemanden weitergegeben zu haben. Meine Gedichte, die von Forensikern Tatorte genannt werden und mit dem Blut der Opfer geschrieben sind, liegen in den Aktenschränken der Polizei begraben.

*

Ständig muss ich an das Zukunftsgedächtnis denken. Denn mein Bemühen, nicht zu vergessen, gilt der Zukunft. Die Vergangenheit, in der ich Dutzende von Menschen umgebracht habe, kann ich getrost vergessen. Lange Zeit habe ich ein Leben geführt, das nichts mit Morden zu tun hatte. Es ist mir daher gleichgültig. Doch die Zukunft, meinen Plan, darf ich nicht vergessen. Der Plan lautet: Jutae Park töten. Wenn ich die Zukunft vergesse, wird Unhi auf schreckliche Weise ums Leben kommen. Doch mein demenzkrankes Gehirn funktioniert andersherum. Das Langvergangene speichert es in all seiner Lebendigkeit, während es sich weigert, die Zukunft aufzuzeichnen. Als wollte es mich in einem fort warnen, dass es für mich so etwas wie Zukunft nicht gibt. Doch wenn es keine Zukunft gibt, verliert, scheint mir, auch die Vergangenheit ihre Bedeutung als Vergangenheit.

Man denke an die Odyssee. Gleich zu Beginn seiner Rückkehr in die Heimat verschlägt es Odysseus auf die Insel der Lotusesser. Über dem Verzehr der Lotusfrucht, die ihm die Bewohner gastfreundlich anbieten, vergisst Odysseus, dass er in die Heimat zurückkehren muss. Nicht nur er, auch seine gesamte Mannschaft vergisst es. Was vergessen sie? Sie vergessen ihr Ziel, die Rückkehr. Die Heimat gehört der Vergangenheit an, der Plan aber, dorthin zurückzukehren, der Zukunft. Auch später kämpft Odysseus wiederholt gegen das Vergessen an. Er entflieht dem Gesang der Sirenen und entkommt auch der Nymphe Kalypso, die ihn für immer zurückhalten will. Die Sirenen und Kalypso wünschen sich, Odysseus möge die Zukunft vergessen, möge in der Gegenwart verbleiben. Odysseus aber kämpft bis zuletzt gegen das Vergessen und strebt die Rückkehr an. Denn in der Gegenwart zu verharren, bedeutet, auf den Zustand eines Tiers zurückzufallen. Wer das Gedächtnis verliert, kann nicht länger Mensch heißen. Die Gegenwart ist nur ein imaginärer Verbindungspunkt zwischen Vergangenheit und Zukunft, Gegenwart an sich ist nichts. Was unterscheidet einen schwer Demenzkranken von einem Tier? Nichts. Beide fressen, defäkieren, lachen und weinen, dann kommt der Tod. Odysseus konnte diesem Dilemma entkommen. Wie? Indem er sich an die Zukunft erinnerte und seinen Plan, sich auf die Vergangenheit zuzubewegen, nie aufgab.

Bei meinem Plan, Jutae Park umzubringen, handelt es sich auch um eine Art Rückkehr. Die Rückkehr in eine Welt, die ich verlassen habe, in die Welt der Serienmorde, um so mein vergangenes Ich wiederherzustellen. Auf diese Weise ist die Zukunft mit der Vergangenheit verbunden.

Odysseus hatte eine Frau, die sehnsüchtig auf ihn wartete. Wer wartet auf mich in meiner dunklen Vergangenheit? Jene, die durch meine Hand umkamen, die unter dem Bambushain schlafen und in windigen Nächten raunen? Oder jemand, den ich vergessen habe?

*

Bei den Operationen muss mir der Arzt irgendetwas ins Hirn eingepflanzt haben. Etwas wie diese Chips, von denen ich gehört habe. Chips, die bei Knopfdruck sämtliche Aufzeichnungen löschen und sich dann selbst in die Luft sprengen.

*

Unhi ist wieder nicht nach Hause gekommen. Wie viele Tage schon? Ich bin mir nicht sicher. Sie wird dem Kerl doch nicht schon zum Opfer gefallen sein? Sie geht auch nicht ans Telefon. Ich muss etwas unternehmen, vergesse es aber dauernd. Ich werde nervös.

*

Als ich nach draußen trete, weil ich nicht schlafen kann, steht der Nachthimmel voll funkelnder Sterne. Im nächsten Leben möchte ich Astronom sein oder Leuchtturmwärter. Wenn ich so zurückdenke, war das Schwierigste für mich der Umgang mit Menschen.

*

Ich habe sämtliche Vorbereitungen abgeschlossen. Jetzt steht nur noch der große Auftritt bevor. Ich habe hundert Liegestütze gemacht. Mein Körper ist bereit.

*

Im Traum sah ich meinen Vater. Er war auf dem Weg ins Badehaus, nackt. Vater, warum gehst du nackt ins Badehaus? Mein Vater antwortete: Da muss ich mich ohnehin ausziehen. Es schon vorher zu tun, ist praktisch. Das schien mir sinnvoll. Trotzdem kam es mir seltsam vor, also fragte ich wieder: Warum gehen dann die anderen Leute angezogen ins Badehaus? Mein Vater antwortete: Wir sind anders als die anderen Menschen.

*

Als ich am Morgen aufstehe, fühle ich mich wie zerschlagen. Ich frühstücke und mache Gymnastik. Mir tut alles weh. Ich sehe, dass ich an den Händen und Armen leicht verletzt bin. Ich hole den Verbandkasten und trage eine Salbe auf. Beim Gehen knirscht es, auf dem Boden liegt Sand. Ist in der Nacht etwas passiert? Ich kann mich absolut nicht erinnern. Auf dem Voicerekorder ist auch nichts. Ich war zweifellos weg, hatte aber offenbar das Gerät nicht dabei. Ich fühle mich wie ein Schlafwandler. Habe ich in der Nacht womöglich Jutae Park erledigt? In den Aufzeichnungen von gestern steht: »Ich habe sämtliche Vorbereitungen abgeschlossen. Jetzt steht nur noch der große Auftritt bevor. Ich habe hundert Liegestütze gemacht. Mein Körper ist bereit.«

Im Fernsehen wird nichts Besonderes vermeldet. Kein Wort über einen Mord, auch nicht in den Nachrichten. Nur Berichte darüber, dass der Sommer dieses Jahr besonders heiß werde. »Der Sommer wird dieses Jahr besonders heiß.« Alles nur eine Masche, um Klimaanlagen zu verkaufen. Bei Winteranbruch heißt es alljährlich: »Dieses Jahr steht ein besonders strenger Winter bevor.« Wenn das alles wahr wäre, wäre die Erde schon längst eine Sauna oder ein Tiefkühlschrank.

Ich sehe den ganzen Tag Nachrichten. Jutae Parks Leiche scheint noch nicht entdeckt worden zu sein. Rausgehen kann ich nicht. Mich in der Nähe des Tatorts herumzutreiben, wäre gefährlich. Geben wird es sie wohl, die Leiche. Nach dem Dreck an meinen Unterarmen zu urteilen, habe ich sie irgendwo vergraben. Dass ich mich nicht daran erinnern kann, wo, ist unerträglich. Was Unhi wohl für Augen machen würde, wenn sie die Leiche des Kerls entdeckte? Und wie würde sie sich danach verhalten? Wird sie irgendwann, und sei es in ferner Zukunft, erfahren, welche Mühen ich für sie auf mich genommen habe? Und die Polizei? Wird sie herausfinden, dass Jutae Park der Serienmörder war, der die Gegend hier in Angst und Schrecken versetzte? Nein, das wäre wohl zu viel erwartet.

Ich dusche gründlich. Danach verbrenne ich die Kleidung, die ich gestern anhatte. Ich sauge das Zimmer und verbrenne den gesamten Inhalt des Staubbeutels. Dann wasche ich ihn mit einem Bleichmittel aus und lasse ihn trocknen. Plötzlich frage ich mich: Wozu das alles? Ich vergesse es am Ende doch nur wieder. Wenn man mich verhaften sollte, bekäme ich wenigstens einmal das Gefängnis zu sehen, das ich bislang nur aus meinen Phantasien kenne. Was wäre schlecht daran, eine Weile diese chaotische

Erdwelt gegen die strengen Quader einer Eisenwelt zu tauschen?

*

Heute habe ich den ganzen Tag Beethovens 5. Klavierkonzert *Emperor* gehört.

*

Irgendwann las ich in der Zeitung: Ein Patient mit Magenkrebs im Endstadium habe auf der Intensivstation nach der Polizei verlangt. Er gestand einen zehn Jahre alten Mord. Er hatte einen Geschäftskollegen erst entführt und dann umgebracht. Die Polizei fand auf einem Hügel die Gebeine. Als sie zurückkam, lag der Täter im Koma, er stand kurz vor dem Tod. Er hatte extreme Schmerzen und litt unter seinen Schuldgefühlen. Die Menschen vergaben ihm. In ihren Augen hatte er seine Schuld beglichen. Würden die Leute auch mir vergeben? Was würden sie zu einem Serienmörder sagen, der ohne allen Schmerz ins Vergessen gleitet und am Ende sogar sich selbst vergisst?

*

Heute ist mein Geist kristallklar. Habe ich wirklich Alzheimer?

*

Warum kommt Unhi nicht nach Hause? Ans Telefon geht sie auch nicht. Ist sie vielleicht dahintergekommen, wer ich bin? Nein, das kann nicht sein.

*

Ich spaziere durch den Bambushain. Bläulichgrüne Sprossen schießen aus dem Boden. Bei »Bambussprossen« will mir etwas einfallen, entschwindet aber sofort. Ich schaue in den Himmel. Im Wind rascheln die Blätter. Mir wird friedlich ums Herz. Ich weiß nicht, wem der Hain gehört, aber es ist schön hier. Ich drehe eine Runde durchs Dorf. Ich habe das Gefühl, etwas finden zu müssen, weiß aber nicht, was. Ich schlage mein Heft auf. Etwas über Jutae Park und seinen Geländewagen steht darin. Auch dass der Kerl ständig in meiner Nähe auftaucht und mich beobachtet. Ich drehe noch eine Runde durchs Dorf. Weder Jutae Park noch sein Geländewagen sind zu sehen. Ich muss den Kerl erledigt haben. Ich bin ein bisschen stolz, einen jungen Mann bezwungen zu haben, und zugleich enttäuscht, denn ich habe nicht die geringste Erinnerung daran. Ich hatte nie die Angewohnheit, Trophäen zu sammeln. Ich dachte nämlich immer, ich könnte alles genaustens im Gedächtnis behalten. Aber auch Trophäen wie ein Ring oder eine Haarspange des Opfers nützen nichts, wenn man sich nicht erinnern kann. Man weiß ja nicht, woher sie stammen.

*

Ich sitze auf der Veranda und sehe zu, wie sich die Abenddämmerung über das Dorf legt. Geht so das Leben zu Ende?

*

Streunende Hunde graben sich Löcher in den Boden. Auch Haushunde fangen an, sich wie Wölfe zu verhalten, sobald sie kein Herrchen mehr haben. Sie bellen den Mond an, graben Löcher und führen ein streng geregeltes Rudelleben. Selbst in Sachen Nachwuchs gibt es eine Hierarchie: Nur das Weibchen des Leitwolfs darf Junge bekommen. Wird ein niedrigrangiges Weibchen trächtig, greifen die anderen Weibchen es an und töten es. Der gelbe Hund, der seit ein paar Tagen im Hof herumgräbt, hat heute etwas im Maul. Wem gehört dieser Köter bloß? Was schleppt er denn diesmal an? Als ich ihm mit dem Stock drohe, macht er sich schleunigst davon. Mit dem Stock wende ich das weißliche, erdverschmierte Etwas und sehe es mir genauer an.

Es ist die Hand einer Frau.

*

Entweder ist Jutae Park am Leben oder ich habe mich verrechnet. Es ist das eine oder das andere.

*

Unhi geht noch immer nicht ans Telefon.

*

Einem Demenzkranken geht es wie einem Reisenden, der sich im Datum geirrt hat und einen Tag früher am Flughafen eintrifft. Bis er am Checkin-Schalter ankommt, ist er felsenfest davon überzeugt, recht zu haben. In aller Ruhe tritt er an den Schalter und hält seinen Reisepass und das Flugticket hin. Die Person am Schalter wiegt den Kopf und sagt, es täte ihr leid, aber der Reisende sei einen Tag zu früh gekommen. Der aber glaubt, die Person am Schalter hätte sich geirrt.

»Bitte sehen Sie noch einmal nach.«

Jemand anders von der Fluggesellschaft kommt hinzu und sagt, er, der Reisende, habe sich im Datum geirrt. Da er nicht weiter beharren kann, gibt er sein Versehen zu und tritt zurück. Am nächsten Tag geht er wieder an den Schalter, hält wieder sein Ticket hin und bekommt wieder denselben Spruch zu hören: »Sie sind einen Tag zu früh.«

Das wiederholt sich jeden Tag. Der Reisende irrt in der Nähe des Flughafens umher, ohne je »zur rechten Zeit« zu kommen. Er ist nicht etwa in der Gegenwart gefangen, sondern irrt an einem Ort umher, der weder Vergangenheit noch Gegenwart noch Zukunft ist, an einem »ungeeigneten Ort«. Niemand versteht ihn. Mehr und mehr von Einsamkeit und Panik übermannt, wandelt sich der Reisende zu einem Menschen, der nichts mehr unternimmt, nein, nichts mehr unternehmen kann.

*

Ich saß geistesabwesend in meinem Wagen, der am Straßenrand parkte. Ich wusste nicht, warum ich dort war. Ein Polizeiwagen hielt hinter mir an. Ein junger Polizist klopfte ans Fenster. Ich kannte ihn nicht.

»Was machen Sie hier?« fragte der Polizist.

»Ich weiß es nicht.«

»Wo wohnen Sie denn, alter Herr?«

Ich kramte meinen Fahrzeugschein heraus und zeigte ihn vor.

»Auch Ihren Führerschein, bitte.«

Ich tat wie mir geheißen. Der Polizist starrte mich an und fragte: »Was machen Sie denn hier, mitten in der Nacht?«

»Ich sagte doch, ich weiß es nicht.«

»Folgen Sie mir. Sie können doch fahren, oder?«

Der Streifenwagen machte das Warnlicht an und fuhr bis zum Dorf vor mir her. Erst zu Hause wird mir bewusst, dass ich auf dem Weg zu Jutae Parks Haus war, um Unhi zu suchen. Ich öffne den Kühlschrank, weil ich durstig bin. Ich sehe die Hand in der Plastiktüte. Ich werde den Verdacht nicht los, dass es Unhis Hand ist. Sie muss es sein. Warum sonst wäre die Hand hier? Jutae Park ist am Leben und hat sie mir dreisterweise geschickt. Der Kerl fordert mich zu einem Spiel heraus. Doch ich komme nicht einmal bis zu seinem Haus. Nein, selbst wenn ich hineinkäme, könnte ich ihn nie und nimmer überwältigen. Die Verzweiflung darüber, Parks Häme ausgeliefert zu sein, lässt mich am ganzen Körper erbeben.

Ich stelle das Zimmer auf den Kopf. Ich suche die Visitenkarte von Kommissar Ahn. Den rufe ich an. Ich habe nichts mehr zu verlieren. Wovor soll ich noch Angst haben? Doch so sehr ich auch suche, ich kann die Visitenkarte nicht finden. Mir bleibt nichts anderes übrig, als die 112 anzurufen. Ich sage, dass meine Tochter höchstwahrscheinlich umgebracht worden ist, dass ich zu wissen glaube, wer der Täter ist, dass man so schnell wie möglich kommen solle, bevor mein Gedächtnis schwindet.

*

Ödipus brachte auf offener Straße vor Wut jemanden um. Dann vergaß er es. Als ich die Geschichte das erste Mal las, fand ich das einigermaßen erstaunlich. Wie kann man so etwas vergessen?

Als im Land eine Epidemie ausbricht, befiehlt der zum König gekrönte Ödipus, herauszufinden, wer die Götter so in Zorn versetzt habe. Noch am selben Tag erfährt er, dass es niemand anderer war als er selbst. Was er in diesem Augenblick wohl empfand? Scham? Schuld? Da er mit seiner Mutter geschlafen hatte, vermutlich Scham. Da er seinen Vater getötet hatte, vermutlich Schuld.

Blickte Ödipus in den Spiegel, sähe er mich darin. Ich bin sein Abbild, nur spiegelverkehrt. Er war zwar wie ich ein Mörder, wusste aber nicht, dass der Mann, den er getötet hatte, sein Vater war. Selbst die Tat vergaß er. Dann, als er sich ihrer bewusst wurde, zerstörte er sich selbst. Ich dagegen wusste von Anfang an, dass es mein Vater war, den ich töten würde und tötete. Und vergessen habe ich es auch nie. Meine anderen Morde waren nur Refrains des ersten. Jedes Mal, wenn ich wieder Blut an den Händen hatte, lag der Schatten meines ersten Mordes auf mir. Am Ende meines Lebens aber werde ich alle meine Untaten vergessen haben. Ich werde jemand sein, der sich nicht zu vergeben hat, nicht einmal vergeben könnte. Der hinkende Ödipus erlangt im Alter Erleuchtung und wird zu einem weisen Menschen; ich dagegen werde zum Kind. Zu einem Gespenst, das niemand zur Verantwortung ziehen kann.

Ödipus schritt vom Unwissen zum Vergessen, vom Vergessen zur Zerstörung. Bei mir ist es genau umgekehrt. Ich bewege mich von der Zerstörung zum Vergessen, vom Vergessen zum Unwissen. Zum reinen Unwissen.

*

Männer in Zivil klopfen ans Tor. Ich ziehe mich an und gehe aufmachen.

»Kommen Sie wegen meiner Anzeige?«

»So ist es. Sind Sie Herr Byongsu Kim?«

»Der bin ich.«

Ich halte ihnen die Plastiktüte mit der Hand hin.

»Das hat also der Hund angeschleppt?«

»Ja.«

»Erlauben Sie, dass wir uns ein wenig umsehen?«

»Hier brauchen Sie sich nicht umzusehen. Fassen Sie lieber den Täter.«

»Wer ist denn der Täter? Kennen Sie ihn?«

»Der Kerl heißt Jutae Park. Er ist Immobilienmakler und geht hier jagen ...«

Die Kriminalbeamten lachen spöttisch. Von hinten tritt ein Mann hervor. »Meinen Sie etwa mich?«

Es ist Jutae Park. Mitten unter den Kriminalbeamten. Ich bekomme weiche Knie. Ich sehe in die Runde. Steckten sie alle unter einer Decke? Ich zeige auf Jutae Park und rufe: »Nehmen Sie den Kerl fest!«

Jutae Park lacht. Etwas Warmes läuft mir die Beine hinunter. Was ist das?

»Der Alte macht sich in die Hose.«

Die Kriminalbeamten können sich das Lachen nicht verbeißen. Zitternd sinke ich auf die Veranda. Durch das offene Tor kommt ein Schäferhund herein.

»Zeig ihm den Durchsuchungsbeschluss«, weist ein Beamter mittleren Alters in einer Lederjacke einen Kollegen an. »Auch wenn er ihn vielleicht nicht versteht.«

Der junge Beamte hält mir ein Stück Papier vor die Nase.

»Hier, sehen Sie den Beschluss? Wir durchsuchen jetzt Ihr Haus und das Grundstück.«

Der Schäferhund beschnüffelt den Boden; in einer Ecke schlägt er dreimal kurz an. Drei Polizisten in Uniform fangen an zu schaufeln.

»Hier, hier ist was.«

»Aber ... Das ist ja merkwürdig!«

Was die Polizisten ausgraben, sind, man sieht es auf den ersten Blick, die Gebeine eines Kindes. Weiße Gebeine, die schon vor langer Zeit vergraben worden sein müssen. Durch die Reihen der Polizisten geht ein Raunen. Vor dem Tor sammeln sich Leute aus dem Dorf. Uniformierte Polizisten sperren das Gelände ab. Sie scheinen bestürzt zu sein, vielleicht auch erregt. Ich weiß es nicht genau. Ich war immer schlecht darin, Mienen zu lesen. Doch wer ist dieses Kind? Wenn es schon vor langer Zeit dort begraben wurde, warum habe ich keine Erinnerung daran? Und warum ist Jutae Park bei den Polizisten?

*

Sie haben mich eingesperrt. Ständig kommen Kriminalbeamte. Sie sprechen unaufhörlich von gestern, aber ich erinnere mich nicht, sie gestern getroffen zu haben. Bei jedem Verhör habe ich das Gefühl, es sei das erste. Daher erzähle ich jedes Mal wieder von vorne. Wie viele Menschen ich umgebracht habe, ohne je verhaftet zu werden. Was für Gedichte ich geschrieben und warum ich den Kursleiter nicht umgebracht habe. Ich erzähle von Nietzsche, Homer und Sophokles und deren das Leben und den Tod des Menschen betreffenden Scharfblick.

Aber diese Geschichten scheinen die Beamten nicht zu interessieren. Von meiner stolzen Vergangenheit und meiner Philosophie wollen sie nichts hören. Sie glauben, dass ich Unhi umgebracht habe, und konzentrieren sich allein darauf. Ich sage ihnen, dass Jutae Park der Mörder ist. Dass er mit Unhi liiert war. Dass ich bei einem Auffahrunfall sah, wie aus seinem Wagen Blut tropfte, und dass der Kerl mich seitdem verfolgt.

»Jutae Park ist Polizist«, sagt der Beamte vor mir und verzieht die Mundwinkel zu einem Lächeln. Ich protestiere. Ob ein Polizist etwa nicht imstande sei, jemanden umzubringen. Der Kommissar nickt.

»Schon möglich, dass auch ein Polizist jemanden umbringt. Aber ich denke, diesmal ist das nicht der Fall.«

Ich frage nach Kommissar Ahn. Der glaubt mir vielleicht. Doch der Beamte schüttelt nur den Kopf. Er kenne niemanden mit diesem Namen. Ich beschreibe, wie Ahn aussieht, die Art wie er spricht, berichte von meinen Gesprächen mit ihm. Ein anderer Beamte sagt: »Für jemanden, der kein Kurzzeitgedächtnis haben soll, erinnern Sie sich an diesen Kommissar Ahn aber sehr genau!«

Das stimmt wohl. Aber warum machen mich diese Worte so wütend?

*

Ich habe das Gefühl, in ein Paralleluniversum gefallen zu sein. In diesem Universum ist Jutae Park Polizist, gibt es keinen Kommissar Ahn, bin ich Unhis Mörder.

*

Wieder kommen Kriminalbeamte. Der jüngere fragt immer wieder: »Warum haben Sie Unhi Kim umgebracht?«

»Jutae Park hat meine Tochter umgebracht.«

Der ältere beugt sich zu dem jüngeren und sagt, als wäre ich nicht anwesend: »Das bringt doch nichts.«

»Trotzdem. Wir müssen eine Akte anlegen. Vielleicht ist alles nur Show.«

Der junge Kriminalbeamte meint, er halte es nicht mehr aus, und sagt zu mir: »Hören Sie, Unhi Kim ist nicht Ihre Tochter. Sie war Pflegekraft im häuslichen Dienst. Sie betreute demente alte Menschen.«

Das Wort »Pflegekraft« ist mir nicht bekannt. Der junge Beamte wird laut. Der ältere beschwichtigt ihn. »Lass gut sein. Wozu ihm das erzählen? Es treibt dir nur den Blutdruck in die Höhe.«

*

Das Chaos blickt mich an.

*

In der Zeitung fand ich eine Meldung über mich. Ich riss sie mir heraus.

> *… und fügte hinzu, dass Frau Kims Angehörige, denen es merkwürdig erschienen sei, dass Frau Kim, die sonst so gut wie nie gefehlt hatte, vier Tage lang nicht zur Arbeit gegangen sei, sofort vermutet hätten, dass Frau*

*Kim etwas zugestoßen sein müsse, und zur Polizei gegangen seien. Die Polizei wurde bei Befragungen im Umfeld von Frau Kim darauf aufmerksam, dass Frau Kim im häuslichen Dienst Demenzkranke betreut hatte, und führte Ermittlungen durch mit dem Schwerpunkt auf den Haushalten, in denen sie tätig gewesen war. Dabei stieß man als primären Tatverdächtigen auf Byongsu Kim (70). Nach Erteilung eines gerichtlichen Haussuchungsbefehls durchsuchte man Haus und Garten und fand dort den Torso der ermordeten Frau Kim sowie offenbar von der Leiche abgetrennte Körperteile. Noch vor Frau Kims Leiche sollen die Gebeine eines Kindes gefunden worden sein. Laut Polizeiprotokoll lässt der Zustand der Gebeine darauf schließen, dass das Kind schon sehr lange dort gelegen hat. Die entsprechenden Ermittlungen würden aufgenommen, sobald das Gutachten des Nationalen Forensischen Instituts vorliege. Byongsu Kim ist nicht vorbestraft.*
*Da er an Altersdemenz im fortgeschrittenen Zustand leidet, richtet sich das Augenmerk derzeit auf die Frage der Anklageerhebung und Klagestattgabe.*

*

Ich bin dauernd im Fernsehen. Die Leute glauben nicht, dass Unhi meine Tochter ist. Da alle das sagen, glaube ich es fast selbst nicht mehr. Sie behaupten, Unhi sei eine zuverlässige Krankenpflegerin gewesen, die sich mit Hingabe um alte alleinstehende Demenzkranke gekümmert habe. Immer wieder werden Bilder von Unhis Begräbnis und ihren weinenden Kolleginnen gezeigt. Sie weinen so herzzerreißend, dass es ihnen fast gelungen wäre, mir weiszumachen, dass Unhi nicht meine Tochter, sondern eine Krankenpflegerin war. Die Polizei durchpflügt mein ganzes Grundstück. Es fallen Wörter wie DNA-Test und Teufel. Ich rufe einen Kriminalbeamten und sage ihm, nicht mehr im Hof, sondern im Bambushain zu graben. Der Kriminalbeamte wurde blass und ging hinaus. Seitdem wird im Fernsehen der Bambushain gezeigt. Mein Bambushain, dessen Blattwerk mir immer diese hellen, schönen Lieder zugeraunt hatte.

»Das ist ja ein einziger Friedhof, ein einziger Friedhof«, sagt jemand vom Dorf angesichts der langen Kolonne, in der man die wasserdichten Säcke mit den Skeletten aus dem Bambushain den Hang hinunterträgt.

*

Es folgen unaufhörlich Dinge, die mir unverständlich sind. Endlose Wiederholungen von Ähnlichem in ähnlichen Situationen, von denen sich mir nichts erschließt. Nicht das Geringste mehr kann ich im Gedächtnis behalten. Ich habe hier weder einen Stift noch meinen Voicerekorder. Offenbar hat man mir alles abgenommen. Mit Mühe bin ich an ein Stück Kreide gekommen, mit dem beschreibe ich Tag für Tag die Wand. Manchmal frage ich mich, warum ich das noch tue. Wo doch alles ein einziges Durcheinander ist.

*

Für eine Begehung brachte man mich noch einmal zum Tatort, doch ich demonstrierte nichts. Nein, ich konnte nichts demonstrieren. Wie soll ich etwas rekonstruieren, woran ich nicht die leiseste Erinnerung habe? Die Dorfbewohner bewarfen mich mit allem, was gerade zur Hand war. Sie sagten, ich sei schlimmer als jedes Tier. Eine Flasche traf mich an der Stirn. Das tat weh.

*

Jutae Park ist gekommen. Bei jedem Treffen mit ihm stürze ich ins Chaos. Er gibt zu, dass er mich lange beschattet hat. Er habe nämlich den Verdacht gehabt, dass ich etwas mit der Mordserie in der Gegend zu tun haben könnte. Kaum hat Park sich gesetzt, gesellt sich ein Psychologe zu uns. Er sieht aus wie der Mann, der sich im Fernsehen über die Psyche von Serienmördern ausgelassen hat. Aber vielleicht ist er es auch nicht.

Jutae Park fragt: »Erinnern Sie sich an meinen Besuch bei Ihnen mit den Kadetten der Polizeiakademie?«

»Das war Kommissar Ahn.«

»Es gibt keinen Kommissar Ahn. Ich war mit den Kadetten bei Ihnen.«

Ich widerspreche vehement, das sei nicht möglich. Jutae Park wendet sich dem Psychologen zu. Mir entgeht nicht, dass die beiden sich anlächeln.

»Nein, Sie waren mit Unhi bei mir. Sie wollten sie doch heiraten.«

»Frau Unhi Kim habe ich natürlich getroffen. Da sie stets bei Ihnen ein- und ausging, hatte ich ein paar Fragen an sie.«

»Ich bin doch auf Ihren Wagen aufgefahren. Ihren Geländewagen. Was ist denn damit?«

»Das kann nicht sein. Ich fahre einen Avante.«

»Soll das heißen, Sie jagen auch nicht?«

»Nein.«

Je länger das Gespräch dauert, desto schlimmer wird das Durcheinander. Ich stelle eine letzte Frage:

»Haben die Morde aufgehört?«

»Das weiß man noch nicht. Warten wir's ab. Es wird sich bald zeigen.«

Der Psychologe und Jutae Park wechseln ein vieldeutiges Lächeln, dann gehen sie, lassen mich allein.

*

An manchen Tagen bin ich hellwach, an anderen wie betäubt.

*

»Fühlen Sie sich ungerecht behandelt?« fragt der Kommissar.

Ich schüttele den Kopf.

»Glauben Sie, dass Sie zu Unrecht beschuldigt werden?«

Diese Frage belustigt mich. Der Mann unterschätzt mich. Das missfällt mir am meisten. Hätte man mich früher gefasst, wäre ich nicht so leicht davongekommen. Unter Chunghee Park hätte man mich sofort gehängt oder auf den elektrischen Stuhl gesetzt.

Ich habe Unhis Mutter umgebracht. Ich ging zu ihrem Haus, brachte zuerst Unhis Vater um, verschleppte dann, als sie von der Arbeit kam, Unhis Mutter und tötete auch sie. Die kleine Unhi war in der Kindertagesstätte, das rettete sie. Auch heute erinnere ich mich noch deutlich an diese Szenen, an alle Einzelheiten. Aber ich erinnere mich an nichts, was mit Unhis Tod zu tun hat. Gleichwohl behauptet die Polizei, bei mir einige Gegenstände entdeckt zu haben, die mit dem Mord an Unhi in Verbindung stünden, auch Grabewerkzeug. Im Hinterhof sollen Gegenstände gefunden worden sein, die ich vergessen hätte zu entsorgen. An allen befänden sich meine Fingerabdrücke. Was lässt sich nicht alles fingieren, wenn man entschlossen ist, jemanden hinter Gitter zu bringen!

Ich habe einmal von einem Maler gehört, der so viele Bilder malte, dass er manchmal selbst nicht beurteilen konnte, ob ein Werk von ihm stammte oder ob es sich um eine Fälschung handelte. Bei einem, das er als Fälschung einstufte, soll er gesagt haben: »Das Bild könnte von mir stammen, aber ich erinnere mich nicht im Geringsten daran, es gemalt zu haben.« Es gab einen Prozess, der Maler verlor. Ihm wird es so gegangen sein wie mir jetzt. Ich sage zu dem Kriminalbeamten: »Es könnte sein, dass ich die Taten begangen habe. Aber ich erinnere mich nicht daran.«

Der Kommissar bedrängt mich. Ich solle mein

Gedächtnis durchforsten. Wie könne man jemanden töten und sich nicht daran erinnern? Ich nehme seine Hand. Er schüttelt sie nicht ab. Ich sehe ihm in die Augen und sage: »Sie verstehen nicht, Herr Kommissar. Ich möchte mich ja daran erinnern, mehr als jeder andere. Ich möchte mich erinnern. Für mich sind diese Erinnerungen nämlich kostbar.«

*

Alle meine Erinnerungen, die mit Unhi zu tun haben, werden von den Leuten als falsch abgetan. Niemand ist auf meiner Seite. Auch im Fernsehen heißt es über mich: »Er war sehr zurückhaltend, ein Einzelgänger, der zunächst als Veterinär gearbeitet hat. Nach seiner Pensionierung hatte er mit so gut wie niemandem mehr Kontakt. Es gab auch keine Angehörigen, die ihn besucht hätten.«

»Hat es wenigstens den Hund gegeben? Ich meine den gelben Hund«, fragte ich einmal den Kommissar.

»Den Hund? Ah, der Hund. Ja, den hat es gegeben. Der hat doch im Hof gegraben.«

Dass es wenigstens den Hund gegeben hat, beruhigt mich.

»Was ist aus ihm geworden? Jetzt, wo Unhi und ich uns nicht mehr um ihn kümmern können.«

»Was heißt hier ›Unhi und ich‹? Sie haben doch allein gelebt. Heh, was ist aus dem Hund geworden? Diesem Mischling.«

Der junge Polizist, der dem Kommissar Dokumente gebracht hatte, antwortet: »Da er kein Herrchen mehr hat, wollten ihn die Leute einfangen und essen. Aber der Dorfvorsteher hat sie davon abgebracht. Sie könnten doch keinen Hund essen, der Menschenfleisch gefressen hat. Also haben sie ihn laufen lassen. Über kurz oder lang wird er wohl verwildern.«

*

Im Fernsehen bringt man auch etwas über Unhi.

»Der Tod von Unhi Kim, die sich stets so fürsorglich um alte, demente Menschen kümmerte, hat ihre Kolleginnen und Kollegen zutiefst erschüttert.«

Was ist mit all den Gesprächen, die ich mit Unhi geführt habe? Habe ich das etwa alles erfunden? Ausgeschlossen. Phantasie kann nie so lebendig sein wie die Realität.

*

»Haben Sie viele Leichen gefunden?«

Der Kriminalbeamte nickt.

»Erlauben Sie mir eine Frage. Vor langer Zeit habe ich eine Frau, die im Städtischen Kulturzentrum arbeitete, und ihren Mann getötet. Könnten Sie für mich herausfinden, ob die beiden ein Kind hatten?«

Der Kriminalbeamte erklärt sich dazu bereit. Die Beamten scheinen mir nicht mehr feindlich gesinnt zu sein. Manchmal habe ich sogar das Gefühl, dass sie mir Achtung entgegenbringen. Mehr noch, sie scheinen mich für eine Art mutigen Informanten zu halten.

Einige Tage später suchte mich der Kriminalbeamte auf.

»Die beiden hatten eine dreijährige Tochter, die zusammen mit dem Vater erschlagen wurde. Mit einem stumpfen Gegenstand.«

Bei der Durchsicht der Akte lachte der Kriminalbeamte.

»Was für ein interessanter Zufall. Das Mädchen, das damals ums Leben kam, hieß auch Unhi.«

*

Plötzlich überkommt mich der Gedanke, dass ich verloren habe. Gegen wen oder was, weiß ich nicht. Ich habe nur dieses Gefühl, verloren zu haben.

*

Die Zeit vergeht. Die Gerichtsverhandlung läuft. Menschen strömen herbei. Ich werde hierhin und dorthin gebracht. Wieder strömen Menschen herbei. Man fängt an, mich zu meiner Vergangenheit zu befragen. Diese Fragen kann ich verhältnismäßig gut beantworten. Ohne Pause erzähle ich von den Taten, die ich begangen habe, und die Leute schreiben es auf. Ich gestehe alles, außer den Mord an meinem Vater. Die Leute fragen, wie es möglich sei, dass ich mich so gut an derart weit zurückliegende Taten erinnere, an jüngere hingegen gar nicht. Das ergäbe keinen Sinn. Ob ich die alten Taten nicht nur deshalb gestände, weil sie verjährt seien, und die jüngeren aus Angst davor, bestraft zu werden, verschwiege.

Die Leute wissen nicht, dass ich jetzt, in diesem Moment meine Strafe erleide. Dass Gott bereits meine Strafe verhängt hat: Ich gehe auf das Vergessen zu.

*

Werde auch ich zu einem Zombie, wenn ich sterbe? Bin ich vielleicht schon einer?

*

Ein Mann suchte mich auf. Er sei Journalist. Er wolle das Böse verstehen. Diese Banalität belustigte mich. Ich fragte ihn: »Warum wollen Sie das Böse verstehen?«

»Nur wenn man es kennt, kann man ihm aus dem Weg gehen.«

Ich sagte zu ihm: »Wenn man es kennt, dann ist es nicht das Böse. Beten Sie einfach, dass es Ihren Weg nicht kreuzt.«

Der Mann war sichtlich enttäuscht. Deshalb fügte ich hinzu: »Beängstigend ist nicht das Böse, sondern die Zeit. Denn gegen die sind wir alle machtlos.«

*

Ich befinde mich an einem Ort, der ein Gefängnis, aber auch ein Krankenhaus sein könnte. Nicht einmal das kann ich mehr unterscheiden. Vielleicht pendele ich auch zwischen diesen beiden Orten. Mir kommt es vor, als seien ein oder zwei Tage vergangen, und zugleich eine Ewigkeit. Ich habe kein Zeitgefühl mehr. Ich weiß auch nicht, ob es Vor- oder Nachmittag ist. Ob ich mich noch in dieser Welt oder schon im Jenseits befinde. Fremde Menschen kommen und nennen mir Namen. Namen, die nichts in mir wachrufen.

Irgendetwas in mir, das Dinge und ihre Namen mit Gefühlen verbindet, ist zerstört. Ich bin auf einem winzigen Punkt im riesigen All, ganz allein. Und werde nie von dort entkommen können.

*

Seit einigen Tagen schwirrt mir ein Gedicht im Kopf herum. Hartnäckig wie ein Schwarm von Eintagsfliegen zieht es seine Kreise. Ein Haiku, das ein zum Tode verurteilter Japaner geschrieben haben soll.

*Den Rest*
*Des Liedes*
*Höre ich im nächsten Leben.*
*Hey.*

*

Ein Mann, den ich zum ersten Mal sehe, sitzt vor mir. Ich habe etwas Angst vor ihm, denn er macht ein böses Gesicht. Er bedrängt mich.

»Tun Sie vielleicht nur so, als ob Sie dement wären, um einer Bestrafung zu entgehen?«

»Ich bin nicht dement. Ich bin nur ein wenig vergesslich«, antworte ich.

»Anfangs haben Sie allerdings behauptet, dement zu sein, nicht wahr?«

»Ich? Nicht dass ich wüsste. Ich bin nicht dement. Ich bin nur ein wenig müde. Nein, nicht ein wenig, ich bin wirklich sehr müde.«

Der Mann schüttelt den Kopf und notiert sich etwas.

»Warum haben Sie Unhi Kim getötet? Was war Ihr Motiv?«

»Ich? Wann? Wen?«

Unentwegt sagt der Mann Dinge, die ich nicht verstehe. Ich werde immer müder, kann mich kaum aufrecht halten. Ich verbeuge mich. Tief. Und bitte um Vergebung. Falls ich etwas falsch gemacht haben sollte, möge er mir bitte verzeihen.

*

Ich kann kaum die Augen öffnen. Ich kann nicht sagen, ob es Morgen oder Abend ist.

*

Von dem, was die Leute sagen, verstehe ich so gut wie nichts.

Die Stelle aus dem »Herz-Sutra«, die ich immer nur

heruntergeleiert habe, geht mir jetzt nahe. Auf meiner Schlafmatte sage ich sie auf.

*Daher gibt es in der Leerheit keine Form,*
*keine Empfindung, keine Wahrnehmung,*
*keinen Willen und kein Bewusstsein.*
*Keine Augen, keine Ohren, keine Nase,*
*keine Zunge, keinen Körper und keinen Geist.*
*Keine Formen und keine Töne,*
*keinen Geruch und keinen Geschmack,*
*nichts Tastbares und nichts Denkbares.*
*Keinen Bereich der Sinne*
*und auch keinen Bereich des Bewusstseins.*
*Keine Unwissenheit*
*und auch kein Ende der Unwissenheit,*
*kein Altern und keinen Tod,*
*auch keine Aufhebung des Alterns und des Todes.*
*Kein Leiden und keine Ursache des Leidens,*
*kein Auslöschen des Leidens*
*und auch keinen Weg aus dem Leiden,*
*keine Weisheit und kein Erlangen.*

*

Ich treibe in lauwarmem Wasser. Es ist ruhig und friedlich. Wer bin ich, wo bin ich? In der Leerheit weht ein leichter Wind. Ich schwimme, endlos. Doch komme nicht weg. Diese Welt, in der es weder Laute gibt noch Bewegung, wird immer kleiner. Unendlich klein. Sie wird zu einem Punkt. Zu einem Staubkorn im All. Dann verschwindet auch das.